Contos de
espanto e
alumbramento

RICARDO AZEVEDO

Contos de espanto e alumbramento

editora scipione

Gerência editorial
Sâmia Rios

Edição
Maria Viana

Assistência editorial
José Paulo Brait

Preparação de texto
Nair Hitomi Kayo

Revisão
Ana Paula Ribeiro
Eloísa Aragão Maués
Nair Hitomi Kayo

Coordenação de arte
Marisa Iniesta Martin

Projeto gráfico
Maria Azevedo

Dados Internacionais de Catalogação na Publicação (CIP)
(Câmara Brasileira do Livro, SP, Brasil)

Azevedo, Ricardo

Contos de espanto e alumbramento / Ricardo Azevedo; ilustrações do autor. – São Paulo: Scipione, 2005.

1. Contos – Literatura infantojuvenil I. Título.

05-7021   CDD-028.5

Índices para catálogo sistemático:
1. Contos: Literatura infantil 028.5
2. Contos: Literatura infantojuvenil 028.5

editora scipione

Av. Otaviano Alves de Lima, 4400
Freguesia do Ó
CEP 02909-900 – São Paulo – SP
ATENDIMENTO AO CLIENTE
Tel.: 4003-3061
www.scipione.com.br
e-mail: atendimento@scipione.com.br

2013
ISBN 978-85-262-6042-9 – AL
ISBN 978-85-262-6043-6 – PR
Cód. do livro CL: 733053
1.ª EDIÇÃO
7.ª impressão
Impressão e acabamento

Sumário

Apresentação 6
Pedro, João e José 9
A moça de Bambuluá 24
O moço encantado pelo Corpo-sem-Alma 43
Os três vestidos da princesa 64
Maria Gomes 81
A viagem assombrosa de João de Calais 100
Maria Manhosa 113
A mulher do negociante 126
A vida e a outra vida de Roberto do Diabo ... 140
Conversa com o autor 166

Apresentação

A começar pelo título: contos de espanto você sabe o que é. E alumbramento? Surpreender a gente com palavras, não sozinhas, mas uma junto com as outras, dando um sentido maior ao que está sendo dito, é uma arte. Ricardo Azevedo é um grande conhecedor dessa arte.

Lembro-me que quando li o primeiro livro desse autor, já faz um tempão, fui enredada no seu modo de contar, inesquecível. Então, comecei a me perguntar que qualidade era essa que tornava o texto de Ricardo Azevedo tão peculiar e apaixonante.

Muitos autores reescreveram contos milenares. Cada um, de acordo com a visão de mundo comum na sua época, com uma determinada intenção, tratou de príncipes, tramas, paisagens e costumes. Voltaire escreveu Zadig, recontando contos orientais. O Fausto, de Goethe, retoma o tema popular do homem que vendeu a alma para o diabo. No Brasil, Guimarães Rosa e Ariano Suassuna, entre muitos outros, mergulharam nas fontes populares e reinventaram personagens e estórias contadas pela gente reunida nos serões em volta da fogueira.

O conto popular brasileiro, na voz dos contadores que percorriam as fazendas, é enxuto. Nele há uma maneira peculiar de encadear as palavras, de dizer o essencial para que a gente entenda o que está acontecendo. É o que ocorre, por exemplo, no conto "Maria Gomes": "O pescador prometeu pro peixe que daria pra ele a primeira coisa que aparecesse quando ele chegasse em casa. Sempre era o papagaio que vinha. Mas, naquele dia, quem veio foi sua filha".

Ricardo Azevedo também inventa de novo as matrizes populares, falando para crianças e jovens de hoje. Mas vai além, conversa com a estória popular e a escreve apresentando seu modo de compreender o que está acontecendo e também o que ele acha que poderia estar se passando na cabeça dos personagens. Traz os pensamentos, a angústia, a surpresa. Esse mesmo trecho de "Maria Gomes" fica assim nas suas palavras: "Era a coisa mais linda que vinha vindo, mas não podia: sua filha".

Quer dizer, ele cria em imagens o que vai dentro do carrilhão do conto e a estória ganha um brilho singular, formado pela emoção de quem mergulha nas entrelinhas e se aventura a interrogar o maravilhoso.

Vejamos outro trecho: "A moça Maria Gomes arregaçou a saia e entrou no mar. A água vagarosa tomando posse do seu corpo.(...) O horizonte intacto dividia o mundo em duas partes". Pare você um minuto e pense nessa última frase. Invenção literária, será que não é isso? Quando o autor faz a gente pular do que está dito para o não dito, abrindo frestas pra gente ler o conto de outras maneiras, além dos acontecimentos relatados?

Ao reescrever o conto popular para crianças e jovens, Ricardo expressa o desejo, a paixão ou a discussão que está dentro da alma do personagem com a pulsação de hoje em dia. Trata o texto rigorosamente como arte literária. Que intenção é essa que conduz o autor na sua escritura?

Tem gente que escreve para crianças ou para jovens com palavras corriqueiras, como se estivesse querendo "barganhar" a cumplicidade dos leitores. Imaginam um público a partir de estereótipos. O resultado é uma linguagem coloquial, que, na maioria das vezes, é artificial e sem poesia. Ou tem um arremedo de poesia adocicada, como se a criança não fosse capaz de entender "arte para valer". Ricardo Azevedo está longe de caber nessa categoria de autores.

Existe uma qualidade amorosa no seu talento literário que transforma suas indagações e algumas certezas em pura poesia. Não escreve "para crianças" ou "para jovens", mas conversa à vontade com crianças e jovens, com qualquer um. Seu estilo fala do escondido das relações afetivas, trazendo aspectos humanos que latejam nos arquétipos exemplares.

Na escritura de Ricardo Azevedo, o conto popular está lá, na sua inteireza, mas é como se o autor o recontasse bisbilhotando o acontecido. Debruçado sobre o enxuto material ancestral, ele ousa, escutando as ressonâncias que essas palavras de tempos pra lá de antigos produzem no homem que ele é, hoje: "Uma lembrança ecoou nele, viva e antiga. Também um dia fora jovem. Também um dia sentira vontades. Fomes e febres de partir, viajar, conhecer novos caminhos, medir a própria força, contra tudo e contra nada".

Alumbramento, será que não é isso?

Claramente apaixonado pela cultura brasileira, é um artista pesquisador. Estudioso, investiga o tema da cultura popular, embrenhando-se pelos textos e levantando questões. Curioso, puxa conversa com as pessoas na rua, discute ideias e maravilha-se com as riquezas das nossas raízes culturais.

Os contos populares têm sido recontados ao longo de nossa história pelas amas de leite, pelos viajantes, mascates, contadores de estórias que habitaram e habitam as mais diversas regiões do Brasil. Como um rio que não para de correr, são continuamente relembrados por pessoas que conhecem o valor de sua sabedoria. Ricardo Azevedo faz parte desse rio, contribuindo amorosamente com seus arranjos peculiares de palavras tão antigas.

Vocês que são crianças e jovens de hoje, formados no mundo da inglória globalização, têm neste livro a oportunidade de entrar em contato com o que é genuinamente nosso e recordar um lugar de pertencimento valoroso: é legal a gente fazer parte do povo brasileiro. Melhor ainda é poder se assombrar e se alumbrar com isso.

Regina Machado

Pedro, João e José

Aquele homem vivia com a mulher e os três filhos num castelo que ficava no alto de um morro. Era rico e feliz. Amava sua esposa e seus filhos mais do que tudo. Cada vez que sua companheira tinha um filho, o homem dava uma grande festa e convidava o povo da cidade.

Depois, fazia sempre a mesma coisa: ia para o jardim e plantava uma árvore.

Seus filhos foram crescendo.

No castelo, perto da fonte, no recanto mais belo do jardim, três árvores também cresciam. Uma para cada filho daquele homem.

Um dia, a mulher caiu doente. Dores e febres galopavam sobre seu corpo. Médicos foram convocados. Sábios e doutores vieram de longe trazendo remédios e citando teorias. A doença era maligna. Enfraquecida, a mulher definhava na cama.

O homem e seus três filhos choraram e sofreram quando ela morreu. Parece até que ficaram mais unidos por causa da saudade e do sofrimento.

O tempo passou.

Os três meninos acabaram virando jovens fortes e valentes.

Cada um possuía um cavalo, um cachorro e uma espada, presentes de sua falecida mãe.

O nome do filho mais velho era Pedro.

Um dia, Pedro procurou o pai. Disse que já estava moço. Agora pretendia correr mundo. Sonhava conhecer outras estradas, outros lugares e outras gentes.

O homem chamou o filho de lado e advertiu:

– O mundo é bonito e perigoso!

O moço garantiu que era forte e não tinha medo de nada. Insistiu. Queria porque queria viajar. O pai concordou.

Na hora da despedida, conversou com o filho. Disse que estava velho e que, durante a vida, fizera inúmeras viagens. Perguntou se o rapaz preferia viajar levando um monte de dinheiro ou viajar levando pouco dinheiro e alguns conselhos.

O moço caiu na risada.

– Que é isso, pai!

Disse que conselhos eram só palavras vazias sem serventia. Para viajar, precisava mesmo de dinheiro vivo.

O homem aceitou os desejos do filho e arranjou o dinheiro. Despedindo-se do pai e dos irmãos, o jovem pegou sua espada e seu cavalo, chamou seu cachorro e partiu.

Foi pela estrada afora descobrir os caminhos e os descaminhos do mundo.

E conheceu cidades distantes. E visitou fronteiras. E atravessou desertos, montanhas e florestas.

Um dia, topou com um caminho torto e pedregoso. A estrada, parece, não tinha mais fim. O sol queimava forte. Ao dobrar uma curva, escutou uma voz cantando, doce e feminina:

Tinga tinga ó sala menga!
Tinga menga ó sala tinga!
Sala menga ó tinga tinga!
Sala tinga ó menga menga!

Curioso, o moço seguiu na direção da voz. Descobriu um casarão escuro, escondido atrás de árvores escuras. Perto, uma velha magra e corcunda, vestida de preto, cavucava a terra.

Pedro estava cansado por causa da viagem. Cumprimentou a mulher. Perguntou se podia passar ali aquela noite.

Os olhos da velha brilharam.

– Claro que pode!

Mas impôs uma condição. Só se o moço amarrasse o cavalo, o cachorro e a espada, bem amarrados, num fio de linha.

– É que eu morro de medo... – explicou a velha, com os olhos baixos. – Passo a noite sozinha com você, mas quero o cavalo, o cachorro e a espada longe de casa!

O moço achou graça naquela mulher tão sozinha, tão frágil e tão medrosa. Disse que sim. Então, a velha arrancou da cabeça três longos fios de cabelo branco. Com um prendeu o cavalo, com outro prendeu o cachorro e com o último, a espada.

Aquela noite, a mulher serviu um jantar delicioso, cheio de carnes, massas e vinhos. De sobremesa, trouxe tortas, pudins e frutas, cada uma mais deliciosa do que a outra. Mais tarde, levou o rapaz até a varanda e disse assim:

– Achei você muito bonito.

O moço riu, vaidoso.

– Achei tão bonito – continuou ela – que queria namorar com você.

– Tá louco! – espantou-se o rapaz. – A senhora tem idade pra ser minha avó!

A mulher não gostou. Ficou de pé no meio da sala e gritou:

– Ah, é? Tá me chamando de velha? Então agora vai ter que lutar comigo!

Lutar? Pedro não estava entendendo.

– Você não disse que eu sou velha? Quero ver se é tão moço assim! Quero ver se é forte no duro.

E partiu para cima do rapaz.

Pedro era musculoso, só que aquela mulher valia por dez homens. Agarrou. Deu soco. Acertou pancada. Machucou. Num golpe brusco, pegou o pescoço do moço e começou a apertar.

O ar foi ficando curto. O medo tomou conta de Pedro, que, quase sem fôlego, gritou:

– Me acuda, meu cavalão!

Mas a velha também gritou:

– Engrossa, meu cabelão!

O cavalo, lá fora, saltava e relinchava dando coices no ar, sem conseguir romper o cabelo da mulher, que virou uma corrente de ferro.

Desesperado, o moço gritou:

– Me acuda, meu cachorrão.

E a velha:

– Engrossa, meu cabelão!

E o cachorro, lá fora, latia e rosnava, sem conseguir romper o cabelo da mulher, que virou uma corda forte.

Já quase sem forças, o moço implorou:

– Me acuda, meu espadão!

Mas a mulher mandou o cabelo engrossar, e a espada, amarrada num fio que parecia de aço, não saiu da bainha.

No fim, a velha venceu a luta. Atirou Pedro num alçapão escuro onde estavam muitos outros aventureiros.

– Frouxo! Bunda-mole! Você não é de nada! – disse ela, cuspindo de lado.

Longe dali, no jardim do castelo no alto de um morro, dois irmãos, João e José, conversavam. De uma hora para a outra, a paisagem mudou.

Coisa estranha. Um vento bateu traiçoeiro. O ar escureceu. Parece que a árvore de Pedro estava querendo murchar!

João foi correndo avisar o pai.

Contou da árvore. Estava assustado. O pai foi ver. Sentiu medo na hora. Ou seu filho Pedro estava doente ou corria risco de vida. Só podia ser.

João então disse que queria tentar encontrar seu irmão. Argumentou também que já estava moço e que pretendia correr mundo. Sonhava conhecer outras estradas, outros lugares e outras gentes.

O homem chamou o filho de lado e advertiu:

– O mundo é bonito e perigoso!

O moço garantiu. Era forte. Não tinha medo de nada. Insistiu. Queria porque queria viajar. O pai concordou.

Na hora da despedida, conversou com o filho. Disse que já estava velho e que, durante a vida, fizera inúmeras viagens. Perguntou ao filho se preferia viajar levando muito dinheiro ou viajar levando pouco dinheiro e alguns conselhos.

O moço caiu na risada. Disse que conselhos eram só palavras vazias sem serventia. Para viajar, precisava mesmo de dinheiro na mão.

O homem aceitou os desejos do filho e arranjou o dinheiro. O jovem estava com pressa. Despedindo-se do pai e do irmão, pegou sua espada e seu cavalo, chamou seu cachorro e partiu.

Foi pela estrada afora descobrir os caminhos e os descaminhos do mundo.

Um dia, topou com um caminho torto e pedregoso. A estrada, parece, não tinha mais fim. O sol queimava forte. Ao dobrar uma curva, escutou uma voz cantando, doce e feminina:

Tinga tinga ó sala menga!
Tinga menga ó sala tinga!
Sala menga ó tinga tinga!
Sala tinga ó menga menga!

Curioso, o moço seguiu na direção da voz. Descobriu um casarão escuro, escondido atrás de árvores escuras. Perto, uma velha magra e corcunda, vestida de preto, cavucava a terra.

João estava cansado. Perguntou se podia passar ali aquela noite.

Os olhos da velha brilharam.

– Claro que pode!

Mas impôs uma condição. Só se o moço amarrasse o cavalo, o cachorro e a espada, bem amarrados, num fio de linha.

– É que eu morro de medo... – explicou a velha, com os olhos baixos. – Passo a noite sozinha com você, mas quero o cavalo, o cachorro e a espada longe da casa!

O moço achou graça naquela mulher tão sozinha, frágil e medrosa. Disse que sim. Então, a velha arrancou da cabeça três longos fios de cabelo branco. Com um prendeu o cavalo, com outro prendeu o cachorro e com o último, a espada.

Aquela noite, a mulher serviu um jantar delicioso, cheio de carnes, massas e vinhos. De sobremesa, trouxe tortas, pudins e frutas, cada uma mais deliciosa do que a outra. Mais tarde, levou o rapaz até a varanda e disse assim:

– Achei você muito bonito.

O moço riu, vaidoso.

– Achei tão bonito – continuou ela – que queria namorar com você.

– Tá louco! – espantou-se o rapaz. – A senhora tem idade pra ser minha avó!

A mulher não gostou. Ficou de pé no meio da sala e gritou:

– Ah, é? Tá me chamando de velha? Então agora vai ter que lutar comigo!

Lutar? João não estava entendendo.

– Você não disse que eu sou velha? Quero ver se é tão moço assim! Quero ver se é forte no duro.

E partiu para cima do rapaz.

João era musculoso, só que aquela mulher valia por dez homens. Agarrou. Deu soco. Acertou pancada. Machucou. Num golpe brusco, pegou o pescoço do moço e começou a apertar.

O ar foi ficando curto. O medo tomou conta de João, que, quase sem fôlego, gritou:

– Me acuda, meu cavalão!

Mas a velha também gritou:

– Engrossa, meu cabelão!

O cavalo, lá fora, saltava e relinchava dando coices no ar, sem conseguir romper o cabelo da mulher, que virou uma corrente de ferro.

O moço, desesperado, gritou:

– Me acuda, meu cachorrão.

E a velha:

– Engrossa, meu cabelão!

E o cachorro, lá fora, latia e rosnava, sem conseguir romper o cabelo da mulher, que virou uma corda forte.

Já quase sem forças, o moço implorou:

– Me acuda, meu espadão!

Mas a mulher mandou o cabelo engrossar, e a espada, amarrada num fio que parecia de aço, não saiu da bainha.

No fim, a velha venceu a luta. Atirou João num alçapão escuro onde já estavam seu irmão Pedro e muitos outros aventureiros.

Longe dali, no jardim do castelo no alto de um morro, um moço solitário, José, pensava em seus irmãos enquanto comia uma fruta. Onde estariam? Como estariam? Com quem estariam? Coisa estranha. Percebeu, surpreso, que a árvore de João também estava definhando e querendo murchar!

José foi correndo chamar o pai.

Ao ver a árvore de seu filho João acinzentada e quase sem folhas, o pobre homem começou a chorar.

– Primeiro foi o Pedro. Agora estou perdendo o João!

Então foi a vez de José.

Olhou nos olhos do pai. Disse que ainda era muito jovem, mas queria partir.

– É preciso, pai! Quero tentar salvar meus dois irmãos.

No começo, o pai não aceitou.

– Já perdi dois filhos. Chega. Não quero que você vá, José. É muito arriscado!

Mas o jovem não se conformou. Pediu. Insistiu. Implorou.

– Confie em mim, pai!

No fim, o homem cedeu, chamou o filho de lado e advertiu:

– O mundo é bonito e perigoso!

O rapaz fez sim com a cabeça. Bem que podia imaginar. Mesmo assim, queria tentar.

Na hora da despedida, o pai procurou o filho. Disse que estava velho e que, durante a vida, fizera inúmeras viagens. Perguntou se o filho preferia viajar levando muito dinheiro ou viajar levando pouco dinheiro e alguns conselhos.

O moço parou para pensar. Examinou o pai. Sorriu.

– Dinheiro a gente se vira, luta, trabalha e, às vezes, até em pouco tempo consegue ganhar. Mas experiência de vida aumenta devagar feito uma árvore. É coisa difícil que leva anos. – E concluiu: – Pai, prefiro levar os seus conselhos.

Os dois então sentaram-se à sombra de uma árvore e conversaram durante o resto do dia. O pai contou sua experiência. Descreveu viagens, as maravilhas que conheceu, os riscos que correu, suas vitórias e os muitos erros que cometeu. Confessou dúvidas sobre vários assuntos. Falou da vontade de conhecer a si mesmo. Falou da dificuldade de compreender as outras pessoas. Falou de amores, de amizades e de família. Falou de trabalho, de dinheiro, de como escapou de tal situação e de como resolveu esse e aquele problema. Quando a noite caiu, ele convidou o filho para tomar um vinho.

– Contei o que lembrei, o que ouvi falar e o que vivi – disse ele. – Espero que minhas palavras sirvam para alguma coisa!

O filho agradeceu. Os dois se abraçaram.

No dia seguinte, o moço pegou sua espada e seu cavalo, chamou seu cachorro e partiu.

Seguiu o caminho que seus irmãos seguiram.

Um dia, topou com a mesma estrada torta e pedregosa. Por coincidência, o sol queimava forte. Dobrando uma curva, escutou, ele também, uma voz cantando:

Tinga tinga ó sala menga!
Tinga menga ó sala tinga!
Sala menga ó tinga tinga!
Sala tinga ó menga menga!

Tal como seus dois irmãos, o rapaz ficou curioso. Aquela voz tinha um tom doce e feminino. Seguiu na direção da voz. Descobriu um casarão escuro, escondido atrás de árvores escuras. Perto, a mesma velha magra e corcunda cavucava a terra.

José estava cansado por causa da viagem. Cumprimentou a mulher. Perguntou se podia passar ali aquela noite.

Os olhos da velha brilharam.

– Claro que pode!

Mas impôs a mesma condição. Só se o moço amarrasse o cavalo, o cachorro e a espada, bem amarrados, num fio de linha.

José ficou desconfiado.

– Fio de linha pra quê?

– É que eu morro de medo... – explicou a velha, com os olhos baixos. – Passo a noite sozinha com você, mas quero o cavalo, o cachorro e a espada longe da casa!

O moço prestou atenção naquela mulher que parecia sozinha, frágil e medrosa. Disse que sim. Então, a velha arrancou da cabeça três longos fios de cabelo branco.

Mas o moço fez um pedido. Ele mesmo preferia prender os animais e a espada.

A velha não teve jeito. Deu os fios de cabelo para o moço. José foi, fingiu que amarrava o cavalo, o cachorro e a espada, mas não amarrou. Deu só um nozinho fraco e frouxo, desses de uma volta só.

Aquela noite, a mulher, outra vez, serviu um jantar delicioso, cheio de carnes, massas e vinhos. De sobremesa, trouxe tortas, pudins e frutas, cada uma mais deliciosa do que a outra. Mais tarde, levou o rapaz até a varanda e disse assim:

— Achei você muito bonito.

O moço agradeceu o elogio.

— Achei tão bonito — continuou ela — que queria namorar com você.

José olhou bem para a velha e sorriu com alegria. Disse que ficava feliz. Disse que estava lisonjeado. Mas explicou que já tinha outro compromisso.

— Tenho namorada — revelou ele. — Gosto muito dela.

A mulher chegou mais perto.

— E daí? Que é que tem? É só hoje. É só um pouquinho.

José disse que achava melhor não.

A mulher insistiu. O rapaz recusou.

— Quer dizer que você me acha feia?

— Não disse isso.

— Quer dizer que você me acha velha?

— Não.

— Mentiroso! Se você me achasse bonita e jovem, ia querer namorar comigo!

José tentou argumentar, mas não teve jeito. Parece até que a mulher queria inventar um motivo para ficar ofendida. De pé, no meio da sala, ela gritou:

– Tá me chamando de feia? Tá me chamando de velha? Então agora vai ter que lutar comigo!

Lutar? Na hora, José percebeu que corria perigo.

– Quero ver se você é forte no duro!

E partiu para cima do rapaz.

Foi uma luta e tanto.

José era musculoso, só que aquela mulher valia por dez homens. Agarrou. Deu soco. Acertou pancada e machucou. Num golpe brusco, pegou o pescoço do moço e começou a apertar. O ar foi ficando curto. O medo tomou conta de José, que, quase sem fôlego, gritou:

– Me acuda, meu cavalão!

Mas a velha também gritou:

– Engrossa, meu cabelão!

O cabelo da mulher virou corrente de ferro, só que o nó era fraco e frouxo, desmanchou, e o cavalo, livre, apareceu galopando, dando coices e patadas.

Animado, o moço gritou:

– Me acuda, meu cachorrão!

A velha, surpresa, mandou o cabelo engrossar.

Não adiantou nada.

Os nós se desmancharam, e o cachorro veio latindo, cheio de mordidas e dentadas.

No fim, o moço chamou a espada, pegou, puxou a espada da bainha e enfiou no peito da mulher.

Um grito ecoou desesperado. O tempo fechou. Raios passaram rabiscando o céu. Morcegos surgiram alucinados, guinchando e trombando contra as paredes. Um cheiro podre de enxofre tomou conta do ar. O vento rodopiava gemendo sem sentido.

Depois, veio um silêncio mortal. E, no meio da noite escura, o céu clareou até ficar azul.

Exausto, José sentou-se para descansar.

De repente, o corpo morto da mulher começou a se mexer. De novo, veio um cheiro forte de enxofre.

José ficou pronto para fugir.

E o cadáver da mulher inchou, depois murchou, ficou roxo, ficou cinza, cresceu e explodiu num estrondo, virando uma espécie de pó. No meio do pó apareceu um ovo muito branco.

Confuso e assustado, José guardou o ovo no bolso.

Nesse exato momento, escutou um ruído. Eram gemidos. Vozes desesperadas gritavam pedindo socorro. O rapaz saiu procurando pela casa, vasculhou e acabou descobrindo o alçapão. Com o auxílio de uma escada, tirou seus irmãos e muitos outros aventureiros do fundo do buraco.

Abraçados, os três irmãos reuniram-se na sala.

— Pensei que vocês estivessem mortos — disse José, chorando de alegria.

Mais tarde, um vento inesperado bateu, varrendo para longe o pó escuro que antes tinha sido um corpo de mulher.

Foi quando José lembrou-se do ovo. Resolveu quebrá-lo para fazer um pouco de comida. Partiu a casca com cuidado.

De dentro do ovo saiu uma mulher muito bonita.

— Por favor — pediu ela, aflita —, me dê um pouco d'água que eu estou morta de sede!

José correu, arranjou um copo d'água e a moça matou a sede.

Cheia de alegria e gratidão, a moça contou que era uma princesa e estava prisioneira dentro da bruxa havia mais de cem anos.

— Você me libertou — disse ela, rindo e chorando emocionada. — Graças a você, voltei a ser o que sempre fui. Quero ser sua para sempre.

Disse isso e correu para abraçar e beijar seu salvador.

José estava feliz da vida. Apresentou a moça a seus dois irmãos.

Em seguida, os três jovens saltaram em seus cavalos, chamaram seus cachorros e, com a espada na bainha, seguiram viagem de volta para o castelo no alto de um morro.

A linda moça foi agarradinha na garupa de José.

Tempos depois, chegaram em casa. Encontraram o velho pai sentado no jardim, regando as árvores dos três filhos com suas próprias lágrimas.

Foi uma alegria rara, luminosa e imensa.

O pai abraçou seus filhos e beijou a moça.

– Graças a Deus! – exultou ele. – Pensei que tinha perdido meus três filhos. No fim não perdi nenhum e ainda ganhei uma filha!

Mandou dar uma festa e convidou todo o povo da cidade.

Dizem que José acabou namorando e casando com a moça que durante cem anos viveu prisioneira no triste corpo de uma feiticeira.

A moça de Bambuluá

Ninguém ia lá. Melhor não.

Caminho torto. Ladeira dura. Mato cheio de farpa.

Fora isso, o medo.

Gente que foi lá, ninguém mais viu.

Gente que foi lá voltou doida. Veio rindo com olho bobo sem direção.

Ir lá?

E dar de cara com demônio? Alma fantasma gemendo na pedra?

De fato.

Na lua nova não, na minguante não, mas depois, da crescente até a cheia, o lugar, principalmente à meia-noite, enchia de risco de luz chispando no ar, barulheira de pássaro grasnando, e mais, no meio, cortando tudo, uivo solto de mulher. Berro de dama torturada até o amanhecer.

Ninguém ia lá. Melhor não.

Valentes, de quando em quando, tipos de peito inchado, iam.

Mãos peludas desafiando. Braço musculoso. Fala grossa arrotando. Muque. Antes.

Voltavam feito cachorro acuado, correndo a esmo, fugindo da própria sombra. Isso quando voltavam.

João era andarilho. Viajante. Pobre.

Tocava viola de lugar em lugar para ganhar algum. Vida igual estrada sendo aberta todo dia.

João chegou. Notícias correm. Ouviu e soube do tal lugar.

— E daí? — o moço balançou os ombros. — Pra mim, tanto faz como fez.

Mas foi o sol ir embora. Mas foi chegar meia-noite e o coro começou.

Luzes feito foguete. Pássaros cruzando a escuridão. Aquela voz de mulher.

João queria dormir, só que o sono não pegava. Desandou a imaginar a dona, o rosto, os olhos, o corpo mesmo daquela voz.

Como é que pode uma moça assim tão necessitada e ninguém não fazer nada?

Aquilo mordeu. Não que João desdenhasse o perigo. Não conseguia, isso sim, escutar imóvel a voz daquela dor.

Pegou, dia seguinte, depois que a noite desceu, e foi pelas brenhas. Cruzou. Varou. Procurou. Era longe. Acabou chegando a uma clareira. Lugar morto. Vento soprando para dentro. Silêncio quieto de sombra parada no chão.

João esmiuçou. Achou um buraco entre as pedras. Entrou devagar.

Escuro de breu. A gruta era grande. O moço ficou sentado numa pedra, acostumando a vista.

Foi então.

Um rosto surgiu do fundo da gruta. Do meio do nada. Visagem impossível. Uma cabeça sem corpo boiando no ar!

Cabelo de homem arrepiando na nuca. Medo diante daquela cara sem corpo pendurada em coisa nenhuma. João ficou parado. A coisa veio vindo. João catou pedra no chão.

A cabeça era de moça. Bonita. João esperou. A cabeça veio. Olhou o moço. Contou que era prisioneira. Foi feitiço. Foi encantamento. Malfeitoria. Praga de levar uma vida embora. A moça pediu ajuda. Suplicou. Chorou. Que por favor, que João fosse, à meia-noite, no alto de um barranco lá perto. Buscasse certa árvore. Deitasse. Esperasse. Desse no que desse – por favor, moço! – não se levantasse, não gritasse nem se defendesse.

Apenas, se fosse preciso, rolasse o corpo barranco abaixo até a gruta. Lá ficaria a salvo.

– A salvo de quê?

João vacilou. Olhares desesperados. Sussurros de moça bonita. João encheu o peito, foi, subiu barranco, achou árvore, deitou e esperou.

Meia-noite. Três sombras. Três tristes vultos. Riam. Falaram coisas incompreensíveis. Depois, murros e pontapés.

Assustado, João foi dando um jeito de ir safando o corpo barranco abaixo até a gruta. As figuras bateram o quanto puderam. Foram embora. João fechou os olhos. Sentiu o corpo esfolado. – Tá louco! – Mancha roxa por tudo quanto é lado. Ergueu-se doído. Entrou na gruta.

A moça apareceu.

Sorria.

Agora, uma terça parte do seu corpo estava desencantada. João olhou bem. Admirou aquele pescoço. O desenho dos ombros. Os seios formosos. A moça não podia se cobrir. Seus braços estavam desaparecidos mais da metade. Viu o moço examinando e admirando seu corpo. Baixou a vista.

João ficou sem jeito. Sorriu. Foi perto da moça. Passou a mão em seus cabelos. Mostrou então os machucados. Resmungou. Disse dos vultos.

A moça implorou. Precisava de ajuda. João tivesse paciência. Fosse lá mais uma vez. No dia seguinte. João não quis. A moça chorou. João quis.

Na noite depois, o moço subiu o barranco, deitou debaixo da árvore e ficou.

Meia-noite. Seis sombras surgiram do nada. Seis gargalhadas na escuridão. Cataram João. Bateram. Judiaram. Agora com pedras e paus. O moço sufocava de dor. Medo. Foi tirando o corpo. Apanhando. Revirando-se desesperado. Feridas brotando. Lágrimas. Zonzeira. Pesadelo rolando barranco. Perto da gruta, os vultos sumiram. João, sujo do próprio sangue, arrastou-se pelo buraco na terra.

A moça surgiu.

Agora seu corpo aparecia quase todo.

Brilhava feliz.

De novo João admirou aquela moça. Olhou a cintura boa. A curva das ancas. O dorso. O ventre. Tentou falar. O queixo emperrou. Fio de sangue no canto da boca. Foi caminhar. Tropeçou. A moça veio. Agora podia usar as mãos. Ajudou o moço. Abriu suas roupas. Limpou as feridas. Cuidou. Trouxe água. Deixou descansar.

No dia seguinte, pediu a João que fosse ao barranco mais uma vez.

João fechou os olhos. Estava moído. Fraco. Olhou a moça. Aquele corpo invisível da metade das coxas até embaixo. Carne bonita voadora. Pernas que não tocavam o chão. O moço sondou. Ela aflita, esperando um sim. Os olhos dele e dela conversaram.

João agora estava gostando da moça.

Aquela noite juntou tudo quanto foi força. Rezou. Foi. Subiu barranco. Deitou devagar debaixo da árvore. Um vento soprava fino. João sabia. Podia perder a vida. Cerrou dentes, olhos e músculos.

Vento parado. Noite parada. Sombras. Nove. Nove vultos. Agora não riam. Xingavam. Gritavam. Era ódio. Agarraram João. Arrastaram. Doidos. Feriram. Furaram. Quebraram. Agonia. Enxame de dor feito piranha. Rolava João. A cabeça perdendo a noção de si. Mancha vermelha girando dentro da vista. Já não sabia o que era osso, pedaço de pau, carne, terra, sangue, lama. Veia explodindo. Engasgo. Corpo virando massa num escangalho.

Que tempo durou? Horas vezes anos.

O tempo é pássaro que ninguém pega.

A vida fez que foi, mas não foi.

De volta a si, João foi dar em cheio na dor. No frio. Nas febres. Corpo rachado. Trêmulo. Sem ar. Perto, um vulto delicado. Movimentos suaves. Perfumes. João abriu os olhos.

Era a moça.

Seu corpo regressara por inteiro. Agora vestia um vestido de seda branco.

A moça cuidou de João. Fez remédio. Fez chá. Preparou comida forte. Os tempos passaram. João foi melhorando. Curou.

A moça contou dos dias de medo e de veneno vividos na gruta. Falou da solidão. Do desespero. Da paralisia de ser uma cabeça. Do estar sufocada no contorno de um rosto. Vida sem corpo. Aparência escondendo morte. Agradeceu. Chorou. Abraçou. Beijou João.

João era andarilho andando solto por aí.

Falou que já conhecera outras mulheres. Nenhuma tão doce, tão feiticeira, tão assim que nem ela. A moça baixou os olhos.

O moço veio perto. Brincou. Disse que agora não precisava daquela roupa, não. Conhecia o corpo dela inteiro. Queria ver de novo.

A moça sorriu. Os dois se abraçaram.

Aquela noite dormiram juntos.

Aquela noite não teve luz faiscando, barulho de pássaro nem grito danado de mulher.

Dia seguinte amanhecendo furta-cor. A moça disse que precisava partir.

– O quê?! – João deu um pulo. – Pra onde?

A moça explicou que era a Princesa de Bambuluá.

– E daí? A gente se deu tão bem! Fica comigo!

A moça tinha que voltar para sua terra. Disse que gostava de João. Disse que queria casar com ele.

O moço não entendia.

A moça repetiu. Era a Princesa de Bambuluá. Gostava de João. Adorava. Precisava voltar para o reino de seu pai. Queria casar, mas antes o moço tinha que aprender a linguagem dos pássaros.

– Linguagem dos pássaros?

Para aprender tal idioma ele passaria cinco anos na casa de uma mulher, velha e sábia, onde receberia as lições necessárias. Uma vez por ano ela, a princesa, viria visitá-lo para estarem juntos e matarem a saudade. Passados cinco anos, os dois iriam de vez para Bambuluá.

João ficou bravo. – Pra que tudo isso? Quanta dificuldade a troco de nada! – Olhou a moça da gruta. Estava apaixonado. A moça também. Disse que não tinha outro jeito. Chorou. João baixou a cabeça. Aceitou. Foi para a casa da velha. A moça de Bambuluá sumiu. Deixou um presente. Cordas novas para a viola de João. Parece que eram cordas encantadas.

A tal velha morava numa casa antiga com paredes cobertas de trepadeiras. Figura inteligente, aquela. Vivia estudando e escrevendo cercada de livros e mapas.

Antes de tudo, ensinou João a conhecer o próprio corpo. A arte de pousar o pé no chão. Os sete tipos de respiração. A gramática dos olhos e das mãos. Só então entrou na linguagem dos pássaros propriamente dita.

O primeiro ano foi passando.

A velha tinha duas filhas. Uma loira e uma morena.

A velha admirou o jeito de João e fez um sonho.

Desejou que uma de suas filhas se casasse com ele.

Veio o dia de a Princesa de Bambuluá chegar.

A velha serviu vinho licoroso. O moço tomou e dormiu. A princesa chegou. Nada de João acordar. O vinho tinha remédio misturado.

A princesa não pôde falar com João. Partiu, no dia seguinte, cheia de saudade.

João acordou confuso. Triste. Sem compreender. Quis notícias da princesa. Perguntou. Lastimou. – Como pude domir? – As aulas prosseguiram.

A linguagem dos pássaros é difícil.

O moço estudava e estudava. Nas horas vagas foi fazendo amizade com as filhas da velha.

O segundo ano chegou ao fim.

Era o dia da visita da princesa. A velha serviu o vinho licoroso. Quando a moça de Bambuluá chegou, João estava dormindo e assim permaneceu o tempo todo. A princesa estranhou. Entristeceu. Foi embora.

No dia seguinte João chorou. Arrancou os cabelos. Falou mal de si mesmo. – Como?! – Justo ele que vivia morto de saudade! Perguntou da princesa. Estava bonita? Disse alguma coisa? Deixou recado?

E veio o terceiro ano.

A loira e bela filha da velha começou a gostar de João. Passava os dias com ele. Amável. Prestativa. Costurando roupas. Preparando comidas. E se punha tão vistosa que João desconfiou. João sentia saudade da moça da gruta. Daquela que fora visagem e não era mais. Lembrava da noite que passaram juntos. Noite inteira de prazer. Delicada. Noite de um ir descobrindo o outro.

Percebia a loira bonita gostando dele. Ficou vaidoso. Ficou pensando.

Um dia, chamou a moça. Pegou a mão dela. Disse que ela era boa, muito linda e muito meiga.

Contou também que estava apaixonado pela moça de Bambuluá. Que não via a hora. Que dia e noite pensava nela. Sentia falta. Saudade feito tatuagem desenhada no peito.

A loira baixou os olhos. Não disse nada.

Veio o dia de a Princesa de Bambuluá aparecer. João aflito. Andava para lá e para cá. Tomou de um trago o vinho licoroso. Vinho insidioso. Líquido trapaceiro. Deixou o moço largado na cama feito um morto inútil.

A princesa veio. Sacudiu João. Enfezou. Despeitada, não esperou passar o resto do dia. Arrumou suas coisas e, furiosa, foi embora.

João acordou. Gritou. Correu em volta da casa. Subiu numa árvore chamando: – Moça de Bambuluá! Moça de Bambuluá! – Sentiu a loucura tomando corpo. Impotência de dar ódio. Parou. Respirou. Dentro, começou a desconfiar de alguma coisa.

Foi no quarto ano.

João na linguagem dos pássaros. A moça de Bambuluá passando em sua cabeça. João destrinchando o idioma. Imaginando. A moça de Bambuluá chegando numa nuvem. O moço fechava os olhos. Enxergava ela vindo lá longe rindo, gritando "João!" e caindo macia em seus braços.

A linguagem dos pássaros é cheia de meandros. A velha tinha duas filhas. Uma loira.

João foi ficando mais amigo da morena.

Sentavam depois da aula num rio ali perto. Os dois com os pés dentro d'água. A morena era bonita, esperta, gentil. Os dois falavam sobre a vida. Jeitos de fazer e de ser. Assuntos rolando pelos dias. Entrando dentro das noites.

Entre homem e mulher não é fácil distinguir amizade de atração. Carinho de sedução. Companheirismo de desejo. Quando um homem e uma mulher gostam de ficar juntos, tudo pode ser.

Um dia, por um nada, desataram a rir. Um olhava o outro e gostava de ver o outro rindo. E os dois se abraçaram. E foi bom o corpo de um encontrar o corpo do outro. Contato de ímã. Vieram mãos descobrindo coisas. Vieram beijos. Veio um desejo bonito que os dois, quando viram, já não conseguiam ver.

Aquela noite passaram juntos.

No dia depois, a moça chamou o moço. Contou que gostava dele. Era amor. Queria ele para ela. João estava confuso. Também gostava da moça.

Os dois, um na frente do outro.

João não ia mentir. Nem queria. Falou da moça de Bambuluá. Amava aquela mulher. Adorava. Pensava nela o tempo todo. Respirava aquela moça. Sentia seu perfume no ar. Queria ela ao seu lado. Gostava também da moça morena. Admirava. Chamou de fruta gostosa. Estava triste. Que fazer se não sabia esquecer a outra? Se não sabia parar de sentir saudade e nem de fazer planos, nem de sonhar? A morena calada. Lágrimas escapando pelo rosto. João ficou junto dela. Os dois quietos um tempão.

A morena, então, contou o desejo da mãe. Falou da bebida. Truque sujo para afastar João da princesa. João caiu de costas.

– Besta! Burro! Trouxa de não perceber nada! – Pegou as maos da moça. Beijou.

Era fim de ano, mas a Princesa de Bambuluá não veio mais.

João arrumou as coisas. Já conhecia a linguagem dos pássaros. Agora queria encontrar sua amada. Partiu. Antes procurou a moça morena.

– Amiga!

Os dois se encontraram nos olhos. Depois, num abraço bom.

João caiu no mundo.

E foi, foi, foi.

O mundo é cheio de nortes e outros lestes.

E quantas estradas o mundo tem!

É tanto horizonte que dá medo.

João andarilho. Solitário. Acostumado a botar o pé na estrada e ir e ir.

João foi. Contava consigo e com o acaso.

Um dia, caminhando, chegou numa casa. Bateu na porta. Bateu palmas. Uma voz miúda mandou entrar.

Era um velho de pele enrugada. Morava lá, curvo e capenga. Tinha para mais de cem anos.

João estava cansado. O velho ofereceu pousada. Conversaram sentados ao pé do fogo, o moço contou um pouco sua vida. Falou da moça de Bambuluá. Disse da linguagem dos pássaros. Os olhos do velho brilharam.

– Mas eu sou o Príncipe dos Pássaros!

Conversou com João na tal linguagem. Ficou empolgado. Talvez pudesse ajudar. Buscou um tamborzinho. Batucou.

O céu ficou coalhado de pássaros de todas as cores e plumagens. Vieram voando e entraram na casa pelas portas e janelas. A todos o Príncipe dos Pássaros perguntou do Reino de Bambuluá.

Nenhum sabia.

O velho aconselhou João a procurar seu pai, o Rei dos Pássaros. Só ele para ajudar.

João fez o que o príncipe mandou. Dias depois, chegou numa casa pequena perto de um morro. Bateu palmas. Bateu na porta. Bateu de novo.

Ninguém respondia. O moço bateu bem forte. Um fio de voz mandou entrar.

Dentro morava um velho como João jamais imaginara.

Quase não se mexia. Vivia deitado, encolhido, perto do fogo. Tinha a pele carcomida pelo tempo. João contou sua história. O encontro com o Príncipe dos Pássaros. Falava alto para o velho escutar.

– Sim – murmurou o velho depois de um longo silêncio.

– Sou o Rei dos Pássaros.

Catou um apito pequeno de prata. Soprou. Uma nuvem de pássaros escureceu o céu. Pássaros grandes, que correm mais do que voam, surgiram por todo o cano. Entraram na casa. Pararam obedientes em torno do rei.

Ninguém sabia, porém, do Reino de Bambuluá.

João baixou o rosto. Chutou pedra no chão. Percebeu o velho balbuciando.

– Procure – dizia baixinho – por meu pai, o Imperador dos Pássaros. Ele sim...

João agradeceu e partiu.

Passados três dias e três noites, chegou numa casa de pedra encarapitada em um morro.

Bateu na porta. Gritou ó de casa.

Lugar deserto.

João bateu mais. Fez barulho. Assobiou. Nada. Resolveu entrar assim mesmo. Girou o trinco. A porta estava aberta.

Encontrou um velho tão velho, tão velho que praticamente não existia mais. Quase não respirava. Já não abria os olhos. Era do tamanho de uma criança de colo. Vivia num berço dourado suspenso em cima do fogo, enrolado em panos e lãs. O ancião mal conseguia falar ou escutar. Parecia ao mesmo tempo adormecido e acordado.

João ajoelhou-se ao lado do berço e com esforço, a poder de berros, conseguiu que ele escutasse sua história.

O velho pegou e dormiu. Acordou de repente procurando alguma coisa. Uma flauta. Soprou. Não saiu nenhum som. Mesmo assim a terra tremeu. O dia virou noite. O céu escureceu.

Milhares, milhões de águias tomaram conta da paisagem. Entraram na casa de pedra. Pousaram enfileiradas em silêncio respeitoso.

Do Reino de Bambuluá, infelizmente, nenhum ouvira falar.

Saída de um canto escuro da casa surgiu outra águia. Era velha. Já não tinha penas, já não conseguia voar nem parar muito tempo em pé. Essa, sim, conhecia o Reino de Bambuluá. Disse que ficava longe. Depois do fim do mundo. Para chegar lá era preciso enfrentar viagem longa, o medo da morte e o calor do fogo do inferno. Disse também que Bambuluá era um lugar encantado e muito bonito.

O Imperador dos Pássaros, então, ordenou que João arranjasse um boi de cinco eras, matasse, cortasse carne, ripas, bofe, coração, fígado, rins, quebrasse ossos, recolhesse o sangue e desse tudo para a águia velha.

João foi e fez.

Transformação das transformações.

A águia foi comendo a carne e, aos poucos, penas reviveram. Corpo encorpou. Olhos voltaram a brilhar.

De barriga cheia, o animal estufou o peito, grasnou, arrepiou as asas e voou. Voltou radiante. Agora sim!

O imperador se mexeu. João encostou o ouvido em seus lábios. O velho disse para o moço montar nas costas da águia, segurar firme em seu pescoço e cruzar os pés debaixo das asas. Que fechasse os olhos. Não abrisse de jeito nenhum. Mesmo que tivesse muito medo. Mesmo que sentisse o pássaro caindo.

Mesmo diante do bafo torto da morte. Ficasse assim até que a águia pousasse em solo firme.

João trepou nas costas do pássaro. Voaram. Foi viagem louca. Trajeto de medo. Travessia por tudo quanto é susto. João, agarrado nas penas, tremia. Tudo o que a pele pode sentir, João sentiu. A pior imaginação, imaginou. Foi voadura do mal. Trânsito de calafrio. Depois, a águia diminuiu a marcha. Planou. Aterrissou.

João saltou no chão. Olhou em volta. Céu de azuis. Montanhas lilases. Flores. Árvores folhudas cheias de fruta. Perfumes. Rios brincando de espuma entre as pedras.

Que lugar seria aquele?

João foi andando. Tranquilidade brotando. Paz sossegada?

Enxergou longe uma cidade pequena. Casas espalhadas entre jardins e plantações. No morro alto, um castelo.

O moço parou numa casa na beira da estrada. Apareceu uma velha. Cumprimentou o viajante. Sorria. Perguntou coisas. Deu boas-vindas. João agradeceu. Contou um pouco da sua vida de viajante. Velha generosa. Ofereceu pousada. Arranjou lugar para o moço ficar.

João estava faminto.

A velha não tinha nada.

Explicou que trabalhara anos e anos no castelo. Em sinal de gratidão, o rei lhe dera aquela casa e todo dia mandava um tabuleiro cheio de comida. Que João tivesse paciência. A hora da comida era dali a pouco. O moço sentou na varanda. Esticou o corpo. Sem ter o que fazer, lembrou-se da viola. Pegou. Colocou as cordas que a Princesa de Bambuluá – há quanto tempo? – dera a ele de presente. Prendeu uma por uma. Deu nó. Afinou. Começou a tocar.

Estranho. Nunca na vida tocara tão bem. Nunca de sua viola saíra som assim melodioso.

E a música crescia. Desdobrava-se no ar. Avolumava.

A velha arrumando a casa. Parou. Começou a dançar.

Surgiu na varanda saracoteando feito menina nova. As pessoas que passavam na estrada também. Sorriam, davam as mãos e entravam na dança. Meio-dia. Chegou a criada, vinda do palácio real, trazendo o tabuleiro de comida. De longe, já veio dançando. Largou o tabuleiro na mesa e continuou.

João tocava encantado.

A música embriagava e coloria casais, soltava solteiros, inventava em todos vontade de gingar e requebrar.

Mandaram soldado do castelo procurando a criada que sumira. O soldado chegou de espada na mão sapateando feliz.

A dança varou a tarde. Aquela música era mágica. Feiticeira. Impossível parar de dançar.

No fim, o moço disse chega.

Cansadas, suadas e sem jeito, as pessoas se despediram e foram embora.

Notícias voam rápido. Chegaram aos ouvidos do rei.

Dois mensageiros trouxeram ordens.

O rei convocava João a vir, dia seguinte, até o castelo tocar no casamento de sua filha, a Princesa de Bambuluá.

Aquilo foi faca no coração de João. Ardeu feito fogo de queimar dentro. Os emissários partiram.

João caiu de boca no chão. Ficou chorando calado. No castelo outro coração parou.

Quando soube das artes do tal músico, quis saber tudo. Se era assim. Se tinha o jeito tal. Como fazia. Como falava.

Era a princesa.

Aquela noite, a moça vestiu um manto escuro e saiu. Bateu na casa da velha. Pediu que chamassem o moço que tocava viola.

João veio. Os dois cara a cara.

João correu para a moça. Levou safanão.

– Sai!

Dedo apontando seu rosto.

A moça acusou. Chorou. Gritou. Por quê? Por quê? Por quê?

Mãos grudaram a moça pelo ombro. Sacudiram.

– Fica quieta!

João contou da velha. A professora que ela mesma arranjara. Falou do vinho. Explicou o remédio.

A moça sentou.

O moço descreveu sua luta. Seus caminhos mundo afora. Falou do Príncipe, do Rei e do Imperador dos Pássaros. Contou a viagem doida no meio do medo.

Os dois ficaram se olhando.

E agora? Ela noiva. O casamento marcado.

O moço chorou sua saudade. Aquele tempo todo só pensando numa pessoa.

Chegou perto. Abraçou a moça. Beijou. Mordeu. Tirou sua roupa.

O amor é poço sem fundo.

Aquela noite estrelas explodiram no céu feito vulcão.

O dia sempre vem depois da noite. Confunde de tanto caminho que aparece.

João e a moça precisavam conversar.

A princesa contou que não queria aquele casamento.

Nem conhecia o noivo.

Tudo era arranjo, negócios do pai. O noivo era príncipe poderoso. Com o casamento, dois reinos ficariam um só, multiplicando riquezas, tesouros e domínios.

Os amantes fizeram um plano.

Trombetas. Crianças correndo pela rua. Sinos e bandeirolas.

O dia do casamento amanheceu assim.

No templo abarrotado, o sacerdote fez uma prece. Chamou os noivos. Solene, iniciou o sermão. A moça interrompeu. Pediu a palavra. Tinha uma declaração a fazer.

As sobrancelhas do pai ficaram em pé. O noivo. A rainha. Toda a plateia admirada.

A moça disse que precisava. Tinha uma dúvida e não podia continuar a cerimônia sem colocá-la a todos os presentes.

Falou de um antigo baú. Objeto seu da mais profunda estimação. Muitos segredos guardara nele. Coisas preciosas. Trecos de mudar vida. Disse que perdera a chave do tal baú. Que procurara, perseguira, buscara e rebuscara em tudo quanto foi canto. Nada conseguira. Desanimada, a contragosto, aceitara mandar fazer chave nova. A chave ficou pronta, mas eis que, por uma dessas sortes, uma dessas tocaias do destino, aparece do nada a sua velha, antiga, boa e querida chave.

Perguntava a todos. Indagava. Mais. Inquiria ela a seu pai, sua mãe, ao noivo, ao sacerdote e até a Deus, que impera sobre tudo, com que chave devia ficar. Com a nova, que acabara de receber, ou com a velha, a primeira, a que estivera junto do baú desde sempre e fora usada por ela durante tantos e tantos anos?

Balbúrdia. Murmúrios e risos por todo o templo.

Sacerdote, rei e noivo, confusos, cada qual do seu jeito, usando diferentes palavras, disseram que, se para ela era tão importante semelhante questão, o bom senso indicava e apontava para a chave antiga, a pioneira, feita originalmente para abrir tão prezado baú.

Alegria!

O rosto da princesa iluminou-se.

Contou então a todos sua desdita. A maldição. A praga. O inferno de ficar prisioneira de uma aparência. De ser cabeça sem corpo vagando no nada. Contou dos muitos que foram até a gruta e, arrogantes, tentaram enfrentar o mal sem nada conseguir. Contou de João e de tudo o que ocorreu. Disse que estava apaixonada. Amava João. Queria casar com ele.

O rei ficou lívido.

– E minha palavra? Fiz um compromisso! Há interesses em jogo! Autorizei e abençoei este casamento! Exijo! Ordeno que a cerimônia prossiga!

A princesa gritou:

– Não!

O sacerdote olhou o noivo.

– Ou casa – berrou o rei –, ou vai para a masmorra!

Guardas cercaram a moça.

Foi quando um som veio.

Melodia astuciosa pela porta. Fluxo invisível governando o ar, o chão, as colunas e as paredes do templo. Sonora sedução. Música de feitiço e alumbramento.

Em cima do altar, o sacerdote principiou a dançar. E depois o rei, a rainha, o noivo, os ministros, os nobres, os magistrados, os marechais, os soldados, os velhos, os jovens e as crianças. Tudo e todos saracoteavam, gingavam, rebolavam e remexiam o corpo pelos espaços do templo.

Era João tocando sua viola.

A moça ficou florida. Desceu do altar. Despediu-se do pai, da mãe e dos muitos que, fascinados, dançavam sem querer dançar, requebravam sem nunca ter requebrado, sapateavam sem saber como nem por quê.

Lá fora um cavalo branco. Lá fora João e a moça tocando viola e galopando, sorrindo e se beijando, rumo ao jardim de seus amores.

O moço encantado pelo Corpo-sem-Alma

Aquele menino nasceu com uma sina. Se um dia entrasse no mar, ficaria encantado para sempre.

– Mas por quê? – perguntava ele, assustado.

– Foi o Corpo-sem-Alma que quis – respondiam seus pais.

– Mas por quê? – insistia o menino.

– Ninguém sabe!

Preocupados, seus pais viviam de olho. Não deixavam a criança brincar. Não deixavam a criança passear. Não deixavam a criança fazer quase nada.

– E se ele cismar de querer tomar banho de mar?

Quando o menino cresceu, um dia chamou os pais. Disse que estava cansado de tantos cuidados. Que se sentia sufocado. Que se sentia inseguro. Chorou. Disse que tinha crescido com medo de morrer. Pediu dinheiro. Precisava aprender a se cuidar. Queria viajar para conhecer a vida e o mundo. Precisava aprender a matar aquele medo.

– Todo mundo cedo ou tarde vai morrer. Não posso passar minha vida esperando a morte preso numa gaiola!

Depois de muita insistência, os pais acabaram cedendo. Mas lembraram sua sina, choraram, aconselharam e pediram:

– Pelo amor de Deus! Tome cuidado! Não vá nunca para perto do mar!

No dia seguinte, o moço pediu a bênção do pai, beijou a mãe, avisou que ia embora e foi mesmo.

Tinha um plano secreto: encontrar e matar o Corpo-sem--Alma.

Uma tarde, numa estrada deserta, o rapaz que não podia entrar no mar notou um bando de formigas. Pareciam muito atrapalhadas. Queriam atravessar um rio, mas tinha chovido e o rio transbordara. As formigas estavam desesperadas. O moço tinha bom coração. Resolveu ajudar. Foi até uma árvore, cortou um galho comprido, limpou com a faca e colocou entre uma margem e outra.

As formigas agradeceram, e uma delas disse:

– A partir de hoje, se precisar de nós, basta gritar:

> *Enfrento medo e perigo*
> *Não temo luta nem briga*
> *No aperto eu pego e digo*
> *Me acuda, amiga formiga!*

O jovem agradeceu e seguiu viagem.

Mais adiante, escutou gemidos. Aproximou-se devagar. Ficou atento. Era um leão. Tinha levado um tiro de um caçador e estava morre não morre.

O rapaz resolveu ajudar. Com cuidado, limpou a ferida, passou remédio e ainda arranjou comida para o leão.

Quando a fera recuperou as forças, agradeceu e disse:

– A partir de hoje, se precisar de mim, basta gritar:

> *Enfrento medo e perigo*
> *Levo a coragem na mão*
> *No aperto eu pego e digo*
> *Me acuda, amigo leão!*

O jovem agradeceu e seguiu viagem.

Mais adiante, sentiu o cheiro do mar. O viajante decidiu passar longe, mas enxergou um peixe caído na areia. O animal saltava sufocado, tentando sem sucesso voltar para o mar.

O rapaz resolveu ajudar. Foi até a praia e, mesmo apavorado por causa das águas, pegou o peixe e atirou no mar. Já estava se preparando para ir embora quando o peixe colocou a cabeça fora d'água, agradeceu e disse:

– A partir de hoje, se precisar de mim, basta gritar:

Enfrento medo e perigo
Que a sorte nunca me deixe
No aperto eu pego e digo
Me acuda, amigo peixe!

O jovem agradeceu e seguiu viagem.

Mais adiante, ouviu um triste pio. Ficou atento. Foi indo, indo, indo. Encontrou um pássaro caído no chão. Estava com a asa quebrada.

O rapaz resolveu ajudar. Fez curativo e preparou uma tala de madeira para imobilizar a asa. Depois, arranjou um saco cheio de alpiste.

Quando a ave recuperou as forças, agradeceu e disse:

– Meu nome é Cansanção. A partir de hoje, se precisar de mim, basta gritar:

Enfrento medo e perigo
De encanto não morro não
No aperto eu pego e digo
Me acuda aqui, Cansanção!

O jovem agradeceu e seguiu viagem.

Certa noite, enxergou uma luzinha brilhando na escuridão. Era uma casa simples de madeira. O moço estava com frio e fome. Na casa viviam dois irmãos lenhadores. O moço pediu pousada, comeu e foi dormir.

No dia seguinte, os dois lenhadores acordaram cedo. Pareciam muito animados.

– Pra onde vocês vão? – perguntou o viajante.

– Então não sabe! – exclamou um deles.

E contou que os dois iam à cidade porque era dia de a princesa aparecer na janela.

– Como assim? – quis saber o viajante.

O outro explicou. Disse que o rei protegia muito sua filha. Só permitia que ela aparecesse em público três vezes por ano. Isso aconteceria nos próximos três dias.

– Ela é a coisa mais linda – disse o outro lenhador.

– A princesa está na idade de se casar – completou seu irmão. – Quem sabe ela não escolhe um de nós para namorar?

O viajante que não podia chegar perto do mar também sentiu vontade de conhecer a tal princesa. Pediu para ir junto.

E assim os três jovens seguiram para a cidade.

Chegaram numa praça cheia de gente. O povo inteiro queria ver a princesa e ser visto por ela.

O viajante pediu licença. Disse que ia até ali e já voltava. Foi para trás de uma moita e gritou:

Enfrento medo e perigo
De encanto não morro não
No aperto eu pego e digo
Me acuda aqui, Cansanção!

Transfomou-se num lindo pássaro colorido e foi pousar numa árvore perto da janela do palácio.

Logo depois, a princesa apareceu. Era a mulher mais linda que o moço tinha visto na vida. Que olhos. Que pele. Que perfume. Que corpo. Que jeito delicado e feminino.

De longe, o povo admirava aquela beldade indescritível.

De perto, o jovem transformado em pássaro admirava muito mais.

Acontece que a princesa viu o pássaro colorido e ficou encantada. Chamou um criado e mandou:

– Pegue aquele pássaro pra mim!

O criado tentou laçar, mas a ave levantou voo e sumiu atrás de uma moita.

Era o primeiro dia. A princesa fechou a janela e o povo foi embora.

No caminho de volta, os dois irmãos e o viajante foram andando e conversando.

– Como a princesa é linda! – comentou um dos lenhadores.

– E aquele pássaro colorido? – disse o outro. – Você viu? – perguntou ele ao viajante.

– Não vi não.

– Onde você estava? – quiseram saber os lenhadores.

– Por aí – respondeu o moço.

No outro dia aconteceu a mesma coisa. O público se juntou na praça. A princesa apareceu na janela, ainda mais linda. Dessa vez, o pássaro colorido pousou no telhado, bem perto da janela. O moço queria ver a moça mais de perto.

Ao ver a ave, a princesa gritou:

– Pegue aquele pássaro pra mim!

O criado jogou uma rede, mas a ave levantou voo e sumiu atrás de uma moita.

Era o segundo dia. A princesa fechou a janela e o povo foi embora.

No caminho de volta, os dois irmãos e o viajante foram conversando e andando.

– A princesa ficou interessada naquele pássaro colorido! – comentou um dos lenhadores.

– Você viu? – perguntou o outro ao viajante.

– Não vi não.

Um dos lenhadores desconfiou. Mais tarde, chamou o irmão e disse:

– Pra mim, o viajante é o pássaro colorido. Toda vez que o pássaro aparece, o moço some!

Mas seu irmão caiu na risada.

– Você tá louco!

No último dia, o público se juntou na praça, a princesa apareceu na janela mais linda do que nunca e o pássaro colorido pousou na mureta bem ao lado da janela.

Daquela vez, a princesa foi mais esperta. Mandou o criado passar cola na mureta. O pássaro colorido pousou e ficou preso.

– Quero aquele pássaro pra mim.

O criado atirou a rede e prendeu o animal numa gaiola de ouro.

A princesa fechou a janela sorrindo e mandou o criado levar a gaiola para seu quarto.

Preso na gaiola dourada, o moço ficou sozinho no quarto da princesa.

Mais tarde, a moça chegou, admirou a ave colorida, trocou de roupa e deitou-se na cama. O moço ficou admirado. A princesa era mais linda ainda do que tudo o que ele jamais poderia ter imaginado.

Quando a moça dormiu, o viajante falou baixinho:

Enfrento medo e perigo
Não temo luta nem briga
No aperto eu pego e digo
Me acuda, amiga formiga!

Transformado em formiga, saiu da gaiola e, depois, voltou a ter corpo de gente. Quando foi atravessar o quarto, o piso de madeira rangeu. A princesa acordou e ficou assustada.

– Quem é você?

Em seguida, começou a gritar por socorro. Rápido, o rapaz transformou-se em formiga, correu para a gaiola dourada e ficou lá dentro feito um pássaro colorido.

A moça viu tudo.

Por causa da gritaria, o rei apareceu depressa com uma espada na mão.

– O que está acontecendo, minha filha?

– Nada – disse ela. – Foi só um sonho à toa!

Quando o pai foi embora, a princesa se aproximou da gaiola dourada.

– Quem é você? – perguntou ela para o pássaro colorido.

O pássaro contou sua história, falou nos tempos de criança, na sina de não poder entrar no mar, da viagem pelo mundo, da formiga, do leão, do peixe e do pássaro Cansanção.

A moça pediu a ele que se transformasse em gente.

Aquela noite, os dois jovens conversaram muito, trocaram ideias e, cansados, acabaram dormindo juntos.

No dia seguinte, a princesa procurou o pai. Declarou que queria se casar com o pássaro colorido.

No começo, o rei e a rainha estranharam e não aceitaram o desejo da filha.

Mas foram tantos argumentos, tantos pedidos, tantos desesperos que no fim os dois concordaram.

Só depois da festa de casamento a princesa revelou que o pássaro colorido era um moço encantado.

E, assim, aquele menino nascido com a sina de nunca poder entrar no mar virou príncipe.

No princípio, o casamento da princesa e do príncipe foi muito bem. Os dois jovens se gostavam e aprenderam a se conhecer e se gostar mais ainda. Cada vez mais o amor, a paixão e a amizade cresciam entre os dois.

Acontece que vira e mexe o marido pegava a esposa chorando num canto escondido.

– O que foi? Você está triste?

A princesa sempre desconversava.

– Não é nada! Coisa à toa. Bobagem minha. Já passou!

– Passou o quê? – perguntava o príncipe sem obter resposta.

Com o tempo, aquela tristeza da esposa começou a tomar conta do príncipe.

Um dia, o rapaz procurou a princesa e disse:

– Se você está triste é porque não gosta de mim! E, se não gosta de mim, eu vou embora!

Pega de surpresa, a princesa disse não e não. Chorou. Soluçou. E acabou revelando seu segredo.

– Eu tinha uma irmã – começou ela.

E contou que sua irmã tinha sido levada pelo Corpo-sem--Alma.

– Corpo-sem-Alma? – perguntou o marido.

Segundo a princesa, era um gigante monstruoso que andava pelo mundo praticando o mal. Disse que amava o marido, mas vivia com o coração pesado. Sentia falta da irmã. Não sabia se ela estava bem ou se estava sofrendo. Sentia muita saudade.

O moço arregalou os olhos. Segurou a esposa pelos ombros e lembrou a ela sua sina. Disse que era praga exatamente daquele monstro.

– Vou procurar sua irmã e matar o Corpo-sem-Alma – decidiu ele.

– Não faça isso! – pediu a princesa. – Dizem que ele é imortal. Dizem que ele é invencível.

A moça contou que seu pai já tinha enviado milhares de soldados em busca da filha.

– Os cavalos voltaram montados por cadáveres e esqueletos! – contou ela com os olhos assustados. E implorou: – Já perdi minha irmã. Não quero perder meu marido. Não vá!

Mas o rapaz estava resolvido.

– Vou por sua irmã e vou por mim. Preciso e quero acabar com minha sina!

Quando o rei soube do plano do príncipe, declarou emocionado:

– Se trouxer minha filha de volta, tudo o que é meu será seu!

Mas o rei fez cara séria:

– Isso não é brincadeira. Faça uma promessa. Quero que traga minha filha num navio. Se vier com ela viva, ponha no mastro uma bandeira branca. Mas, preste atenção, se ela vier morta, ponha no mastro uma bandeira preta.

E completou com uma ameaça:

– Se não trouxer minha filha viva, eu mando você pra forca!

E, assim, tempos depois, lá foi o moço viajante em busca do Corpo-sem-Alma.

E andou, andou, andou. E foi, foi, foi.

Andava e perguntava. Perguntava e andava.

Após um ano de viagem, chegou ao reino do Quem-vai-não-volta. Diziam que aquela terra era perigosa. Diziam que ali vivia o Corpo-sem-Alma.

O moço que não podia entrar no mar saiu pelo reino andando e assuntando. Tanto fez, tanto buscou, tanto fuçou que acabou encontrando uma gruta.

Era a casa do Corpo-sem-Alma.

Foi quando escutou um choro. Choro triste de mulher.

O moço aproximou-se devagar.

Descobriu uma moça. Chorava sozinha, sentada numa pedra. A moça estava com um faca apontada para o próprio peito.

– Não faça isso! – gritou o rapaz.

A moça levou um susto.

– Quem é você?

Parecia transtornada.

O rapaz pediu a ela que tivesse calma.

– Quem é você? – repetiu a moça com a faca no peito.

O moço contou um pouco de sua vida. Falou da sua sina. E de sua luta para encontrar um tal de Corpo-sem-Alma. Contou que era casado com uma princesa filha de um rei assim, assim, assim.

A boca da moça ficou aberta.

– Mas é meu pai! Então você é casado com minha irmã!

Os dois jovens se abraçaram.

Depois, a moça caiu no choro. Pediu perdão. Disse que era fraca. Que não aguentava mais. Contou que era prisioneira do Corpo-sem-Alma. Que o monstro a obrigava a dormir com ele à força.

– Prefiro morrer! – exclamou, pálida de ódio.

O moço contou que tinha vindo para matar o Corpo-sem--Alma.

Mas sua cunhada sacudiu a cabeça desanimada. Disse que o Corpo-sem-Alma não morria.

O rapaz disse que queria tentar.

– Tudo que nasce um dia morre!

Disse que tinha um plano. Pediu a ela que prestasse atenção. Que ela vestisse a roupa mais bonita. Que passasse o perfume mais cheiroso. Que ajeitasse os cabelos. Que não contrariasse o Corpo-sem-Alma de jeito nenhum. Que com artimanha, capricho e malícia, elogiasse e, no fim, perguntasse onde afinal, em que lugar, ele escondia a própria vida.

– Isso nunca! – gritou a moça, ofendida. – Botar vestido bonito? Passar perfume praquele maldito desgraçado?

O moço pediu a ela que se acalmasse. Explicou que ia matar o Corpo-sem-Alma, mas que precisava da ajuda dela.

– Você me ajuda que eu ajudo você! Não tem outro jeito!

A moça examinou o moço.

– Vamos tentar! – pediu ele. – É mil vezes melhor do que morrer!

E assim os dois foram conversando, trocando ideias, e se entendendo cada vez mais.

Naquela tarde, quando o Corpo-sem-Alma chegou, encontrou a irmã da mulher do moço que não podia chegar perto do mar toda linda e perfumosa, usando um vestido decotado e colorido.

A moça sorriu. O monstro estranhou.

A moça achou que o Corpo-sem-Alma estava com cara triste.

– Eu? – rosnou ele.

A moça chamou:

– Vem cá!

Pediu a ele que deitasse a cabeça no seu colo. Queria fazer cafuné.

– Você nunca me pediu isso antes – disse o monstro.

– É que hoje deu vontade – explicou ela.

A moça mentiu. Contou que aquele dia tinha sentido falta dele.

O Corpo-sem-Alma estava surpreso, desconfiado e encantado.

Ela examinou o gigante com olhos admirados. Elogiou. Disse que ele era musculoso. Perguntou como ele conseguia ser assim tão grande, tão poderoso, tão forte, tão valente que nem morrer não morria.

O monstro soltou uma gargalhada. Gostou das palavras da moça, mas desconfiou. Fez uma careta esperta. Arreganhou a dentuça amarelada.

– É fácil! – disse ele. – Não morro nunca porque minha vida está escondida.

– Onde? – quis saber ela.

– Ali, na raiz daquele pé de árvore – respondeu ele.

A moça conhecia o Corpo-sem-Alma. Percebeu que era tudo mentira. Mesmo assim, logo que ficou sozinha, pegou um balde d'água e foi regar a árvore. E cuidou. E matou os bichos. E tirou as ervas daninhas. E enfeitou os galhos. Podou, tirou os garranchos e varreu as folhas ao redor do tronco.

Escondido atrás de uma pedra, o Corpo-sem-Alma assistiu àquele agrado e ficou cheio de importância.

– Não é que a moça agora está gostando mesmo de mim?

E o Corpo-sem-Alma achou que era o tal. Estufou o peito, vaidoso. Examinou sua musculatura. Ajeitou a cabeleira. Depois, saiu de trás da pedra e chamou a moça:

– Vamos pra gruta comigo?

A moça disse que não.

– Se você se deitar comigo, eu caso com você! – prometeu ele.

E disse mais:

– Se você prometer que casa comigo, eu conto onde minha vida está escondida.

A moça relutou, fingiu, disfarçou, negaceou, mas acabou aceitando a proposta do monstro.

– Ontem eu disse que minha vida estava naquele pé de árvore – contou ele –, mas era mentira. Minha vida mesmo está dentro de uma rolinha numa caixa, a caixa dentro de outra caixa e essa caixa dentro de outra caixa, longe, no fundo do mar.

A moça sentiu que agora era verdade.

O monstrengo gargalhou:

– Agora vamos pra cama!

– Só depois do casamento – pediu ela.

O Corpo-sem-Alma achou graça e aceitou o argumento.

Assim que pôde, a moça foi correndo procurar o cunhado e contar tudo o que sabia. O moço pensou um pouco e correu para a beira do mar. Lá chegando, gritou:

Enfrento medo e perigo
Que a sorte nunca me deixe
No aperto eu pego e digo
Me acuda, amigo peixe!

A cabeça de um peixe apareceu na beira do mar.

O moço disse que era urgente.

Precisava de uma caixa escondida nas entranhas do mar. Pediu ao peixe que saísse vasculhando os sete mares.

Demorou, mas a caixa acabou aparecendo nas costas de um tubarão.

Era uma caixa de ferro grosso. O rapaz não conseguia abrir de jeito nenhum. Foi quando ele gritou:

Enfrento medo e perigo
Levo a coragem na mão
No aperto eu pego e digo
Me acuda, amigo leão!

Do nada, surgiu um leão enorme. O animal rugiu e arrebentou a caixa de ferro a poder de patadas, unhadas e dentadas.

Na caixa havia uma caixa. E dentro, outra caixa, pequena, de veludo vermelho. Quando o moço foi abrir, saltou uma rolinha, que fugiu voando ligeira.

Mais que depressa, o moço gritou:

Enfrento medo e perigo
De encanto não morro não
No aperto eu pego e digo
Me acuda aqui, Cansanção!

Um pássaro colorido surgiu no céu e trouxe a rolinha de volta.

O rapaz segurou a rolinha.

A ave botou um ovo em sua mão.

O moço pegou o ovo e gritou:

– É hoje!

Encheu o peito de coragem e foi para a gruta do Corpo-
-sem-Alma.

Encontrou a porta entreaberta.

Lá dentro, tudo estava escuro.

Caído na cama, o Corpo-sem-Alma gemia, tonto e abatido.

O corpo do monstro já pressentia o perigo de morte.

O moço gritou com o punho fechado.

Falou da sua sina.

Xingou. Gritou mais alto.

Falou na moça prisioneira. Chamou de monstro sujo e
covarde.

– Traidora! – rosnou o monstro.

Num esforço descomunal, o Corpo-sem-Alma arreganhou
os dentes e saltou da cama.

O rapaz atirou o ovo na testa do monstro.

Um estrondo espantoso cresceu no ar.

Uma fumaça de enxofre e veneno tomou conta de tudo.

As paredes da gruta começaram a despencar.

Foguetes espocavam.

Ratos escuros fugiam feito loucos.

Morcegos passavam em zigue-zague.

Lesmas, cobras e aranhas pululavam no chão e viravam pó.

Quando o Corpo-sem-Alma esticou as canelas e morreu, a
gruta virou um palácio prateado com muralha de pedra e quatro torres.

Os feitiços, parece, desencantaram para sempre.

O moço sentiu uma mão delicada segurando seu ombro.
Era a moça. Os dois então se abraçaram.

– Você salvou minha vida! – disse ela em seu ouvido.

Então, o príncipe arranjou um navio, colocou uma bandeira branca no mastro e partiu, levando sua cunhada.

O moço tinha matado o Corpo-sem-Alma. Agora precisava enfrentar o medo do mar.

O navio foi que foi, enfrentando calmarias, tempo bom, tempestades e ondas inesperadas.

Meses depois, chegaram de volta.

No porto estavam esperando o rei, a rainha e a princesa segurando um bebê.

Sim, durante a ausência do marido, a princesa tinha dado à luz uma linda criança.

Ao ver o filho nos braços da mulher, o moço que não podia entrar no mar ficou emocionado, tropeçou numa corda, perdeu o equilíbrio e caiu no mar, desaparecendo imediatamente no meio das águas.

Aquele foi um dia de felicidade e tristeza.

Alegria pela volta da filha do rei.

Tristeza pelo desaparecimento do príncipe herói engolido pelas águas traiçoeiras e inesperadas do mar.

— Ganhei minha filha de volta, mas perdi meu filho e meu herdeiro — dizia o rei sorrindo, mas também chorando.

A princesa, porém, não aceitou o desaparecimento do príncipe.

— Vou procurar meu marido, nem que eu tenha que ir até depois do fim do mundo.

Entregou a criança para a rainha cuidar e mandou selar seu melhor cavalo.

— Vou com você! — gritou sua irmã. — Devo muito ao príncipe. Se não fosse ele, hoje eu estaria morta.

E lá se foram as duas mulheres galopando pelos caminhos e descaminhos do mundo.

Decidiram que o melhor seria voltar ao reino do Quem-vai--não-volta.

– É lá que ele está – garantiu a irmã da princesa. – Só pode ser!

No reino do Corpo-sem-Alma, as duas arranjaram uma casinha bem na frente do mar. Ficaram morando ali, só olhando e olhando as ondas que iam e vinham.

– Um dia ele aparece! – garantiu a princesa.

Para matar o tempo, as irmãs mandaram buscar um violão na cidade. Passavam o dia inteiro tocando, cantando e esperando alguma coisa acontecer.

Um dia, apareceu uma sereia. Disse que queria comprar o violão.

– Minha filha vai se casar depois de amanhã – explicou ela – e queria esse violão para animar a festa.

– Não vendo mas dou – respondeu a princesa. – Mas só se a senhora me trouxer o noivo de sua filha.

– Isso eu não faço não! – respondeu a sereia.

– Então ponha ele fora da água até a cintura.

A sereia não viu mal nenhum nisso. Concordou e trouxe o noivo da filha.

Era o menino que nasceu com a sina de nunca poder entrar no mar. Era o marido da princesa. Era o príncipe que matou o Corpo-sem-Alma e salvou a cunhada.

Só que o moço estava irreconhecível. Parecia encantado. Ficou quieto. Fez cara de bobo sem dizer um isso.

As duas irmãs deram o violão para a sereia e mandaram buscar uma flauta na cidade.

Passavam o dia inteiro tocando, cantando e esperando alguma coisa acontecer.

A sereia voltou. Disse que queria comprar a flauta.

– É pro casamento da minha filha. Vai ser amanhã – explicou ela.

Queria a flauta para animar a festa.

– Não vendo, mas dou – respondeu a irmã da princesa. – Mas só se a senhora trouxer o noivo de sua filha.

– Isso eu não faço não! – respondeu a sereia.

– Então ponha ele fora da água só até o joelho.

A sereia não viu mal nenhum nisso. Concordou e trouxe o noivo da filha.

O moço continuou irreconhecível. Parecia encantado. Ficou quieto. Fez cara de bobo sem dizer um isso.

As duas irmãs deram a flauta para a sereia e mandaram buscar um bandolim na cidade.

Passavam o dia inteiro tocando, cantando e esperando alguma coisa acontecer.

A sereia voltou. Disse que queria comprar o bandolim.

– É pro casamento da minha filha. Vai ser hoje – explicou ela. Queria o bandolim para animar a festa.

– Não vendo, mas dou – respondeu a princesa. – Mas só se a senhora trouxer o noivo de sua filha.

– Isso eu não faço não! – respondeu a sereia.

– A gente queria ver o moço fora da água por inteiro. É só um pouquinho.

A sereia não viu mal nenhum nisso. Concordou e trouxe o noivo da filha.

O moço estava irreconhecível. Parecia encantado. Ficou quieto. Fez cara de bobo sem dizer um isso, mas de repente gritou:

Enfrento medo e perigo
De encanto não morro não
No aperto eu pego e digo
Me acuda aqui, Cansanção!

Tranformou-se num pássaro colorido e saiu voando.

A sereia fez de tudo para agarrar o noivo de sua filha, mas era tarde demais.

Dizem que o pássaro pousou na praia e transformou-se num moço.

Dizem que o moço abraçou as duas moças.

Depois os três pegaram seus cavalos e partiram galopando e rindo e cantando felizes da vida.

Os três vestidos da princesa

Era um rei poderoso. Governava com mão de ferro continentes, homens e nações. Comandava terras, ares e mares. Liderava exércitos violentos e invencíveis. Era dono de escravos, tesouros e riquezas incalculáveis.

Possuía também uma bela esposa. Bela, não. A mais linda, doce, feminina, atraente e graciosa mulher que já se viu pousar os pés na face dura da terra.

O rei estava acostumado com o bom e o melhor. Mandava e desmandava. Fazia e desfazia. Criava e destruía.

Aquele homem desconhecia sonhos e desejos impossíveis. Tinha sempre o que queria. Por bem ou por mal. Agora, na hora e na mão.

Infelizmente, seu poder mandava em tudo, menos no abraço invisível da morte.

Foi um dia. Sua linda esposa acordou pálida e enjoada. Deu para tossir. Deu para ficar desanimada. Deu para se cansar por causa de nada.

Em pouco tempo, emagreceu. Começou a cuspir sangue. Já não tinha forças nem para sair da cama.

O rei mandou convocar os médicos mais afamados. Contratou cientistas do mundo inteiro. Especialistas fizeram exames e deram diagnósticos e pareceres. Sacerdotes rezaram. Adivinhos deram passes e bênçãos. Feiticeiros prepararam poções mágicas.

Na cama real, deitada e alheia a tudo isso, a linda rainha definhava dia após dia.

Acostumado a controlar, dar ordens e ser obedecido, seu marido exigiu, gritou, comandou, xingou, ameaçou.

– Ordeno que curem minha esposa imediatamente!

Certa manhã, a esposa mandou chamar o marido.

Sua voz era um fio sussurrado. Explicou que o fim estava próximo. Disse que já podia sentir o bafo escuro da morte saindo e entrando em suas entranhas.

Pediu ao marido que escutasse. Prestasse bem atenção. Tinha um desejo. O marido jurasse. Era sua última vontade.

Pediu ao rei que só se casasse de novo caso encontrasse mulher mais linda do que ela.

Trêmula, tirou o anel cravejado de diamantes que enfeitava seu dedo e acrescentou:

– E, se por acaso tal mulher existir, que tenha dedos tão delicados e meigos que possam receber o anel de brilhantes que antes me pertenceu. Senão, não!

O rei jurou por Deus e por sua fé. Deu sua palavra de honra e de cavaleiro.

Foi quando sua esposa sorriu e seu sorriso ficou fixo e seus olhos pararam no rosto.

Deixou um marido desesperado, gritando, esbravejando, soluçando, amaldiçoando a vida, a fé, a ciência, a esperança e o mundo.

A vontade do rei era lutar, prender e matar. Mas... matar a morte?

A rainha deixou para o rei a prenda mais preciosa: uma filha.

O monarca contratou amas, professores e preceptores para cuidar da educação da criança.

O tempo é feito as nuvens que passam ligeiras. Para onde elas vão?

O rei era um homem jovem, forte e cheio de vida. Logo sentiu dentro da alma e do corpo a falta de uma companheira. Percebeu que precisava casar-se de novo. Não queria nem podia viver sozinho. Queria encontrar alguém que trilhasse com ele os caminhos e as surpresas do mundo.

Então, ordenou que seus emissários e mensageiros partissem pelos quatro cantos em busca de uma mulher que fosse mais linda que a falecida rainha.

Cartas, descrições e retratos choveram. Mais tarde, visitas e mais visitas. Cuidadoso, o monarca examinou as candidatas, uma a uma, em carne e osso. Princesas louras, ruivas e morenas. Lindas donzelas orientais. Belíssimas altezas negras.

Todas eram muito formosas, mas quem chegava aos pés da rainha morta?

Além disso, o anel cravejado de diamantes não entrou no dedo de nenhuma candidata.

O rei se desesperava.

– Eu ordeno! – gritava ele. – Eu exijo! Quem manda aqui sou eu! Encontrem uma mulher mais bela do que aquela que viveu comigo durante tanto tempo!

Novas buscas. Novas viagens. Novas decepções.

Pela segunda vez na vida, o poderoso monarca via suas ordens serem solenemente ignoradas.

Era um rei muito poderoso. Governava com mão de ferro continentes, homens e nações. Por dentro, porém, andava fraco, deprimido, sentindo-se incapaz e impotente.

O tempo nem sabe o que são asas, mas como voa!

Certa manhã, o monarca observou a filha caminhando distraída pelo jardim.

Ficou surpreso. A menina tinha virado moça.

E a moça mais bela que seus olhos já tinham visto na vida.

Mais doce, feminina, atraente e graciosa até que a própria mãe.

O soberano chamou a filha. Pediu a ela que experimentasse certo anel cravejado de diamantes.

O anel parecia ter sido feito para morar na mão da filha.

O rei estava acostumado a criar e destruir.

– Filha – disse ele –, case-se comigo! Quero que você seja minha mulher!

A moça não compreendeu.

– Case-se comigo! – repetiu o monarca dos monarcas com voz forte. – Quero que você seja a rainha, minha mulher!

A moça colocou as mãos no peito:

– Pai! Isso é loucura! Não pode ser! Nunca mais repita uma coisa dessas!

O rei estava habituado a mandar e desmandar:

– Para mim, a loucura e o impossível não existem!

– Mas, pai!

E o soberano deu um ultimato:

– Ou aceita casar-se comigo ou morre!

– Então eu morro! – gritou ela, e fugiu.

Naquele dia, a moça pegou seu cavalo branco e partiu feito louca pelas estradas desertas. Queria pensar. Queria compreender. Queria esquecer. Queria sumir. Queria morrer.

Cavalgou a tarde inteira, correndo à toa sem direção. Enfim, chegou no alto de um penhasco e desceu do cavalo.

Ficou parada chorando na beira do precipício. Lembrou de sua vida inteira. Sua infância. Sua mãe. Seus estudos. Suas amigas. Seus planos e sonhos.

A princesa amava a vida. Desejava conhecer o mundo. Sonhava um dia encontrar alguém. Queria aprender a amar. Depois se casar. Ter filhos. Construir uma vida. Mas... assim?

Observou o mar quebrando violento nas pedras.

Assim, pensou ela, preferia morrer.

Embaixo, perto das pedras, via-se uma estradinha tortuosa de terra batida.

Quando já estava pronta para saltar no abismo, a princesa enxergou uma mulher apoiada numa bengala andando na estradinha. A figura caminhava com muita dificuldade. De repente, vacilou, tropeçou e caiu no chão.

Confusa, a menina recuou, saltou no cavalo e partiu a galope. Sentiu que devia ajudar aquela pessoa. Foi ver o que estava acontecendo.

Encontrou uma mulher velha, esfarrapada, deitada na estrada.

A princesa trazia um pouco de pão e água numa sacola presa na sela.

Ajudou a mulher a sentar-se numa pedra e deu a ela água e comida.

Pouco a pouco, as cores voltaram ao rosto cansado.

A princesa estava desesperada. Examinou a velha. Mesmo sendo uma pessoa desconhecida, sentiu que podia abrir seu coração e revelar o drama que estava vivendo.

A mulher escutou a história da princesa com muita atenção. Depois, pigarreou e disse:

— Não precisa se desesperar. A vida é assim mesmo. Podem surgir situações inesperadas que parecem ser um beco sem saída.

A velha sorriu:

— Quase sempre existe uma saída — continuou ela. — Veja o meu caso. Sou velha, não tenho ninguém, me senti mal e caí na estrada. Achei que minha hora de morrer tinha chegado, mas inesperadamente apareceu você e me ajudou.

A princesa concordou.

— No fim — ensinou a velha —, tudo dá certo. — E completou: — Se não deu certo, é porque ainda não chegou no fim!

A mulher olhou nos olhos da moça.

— Uma mão lava a outra. Você me ajudou. Agora vou ajudar você.

E deu um conselho.

Mandou a moça dizer ao pai que aceitava o casamento, mas com uma condição. Antes queria ganhar um vestido feito com todos os peixes e conchas do mar.

– Vai ser difícil fazer um vestido assim! – completou a velha.

Disse também que, se a moça precisasse conversar de novo, ela estaria sempre ali.

A princesa não tinha saída. A princesa queria viver.

Agradeceu, tomou coragem, saltou no cavalo, voltou ao palácio real e procurou o pai. Disse que tinha pensado melhor. Concordava com o casamento, mas queria um certo vestido.

A felicidade brilhou nos olhos poderosos do rei.

O pai da moça imediatamente mandou contratar os melhores artistas, alfaiates e costureiros do reino. Exigiu. Ordenou. Ameaçou de morte.

– Quero o vestido pronto aqui na minha mão dentro de uma semana.

No quarto, a princesa sentia seu coração mais leve. Achava que seu pedido dificilmente seria realizado. Um vestido feito com todos os peixes e conchas do mar?

Mas poder, dinheiro e ameaça de morte fazem milagres.

Passados sete dias, os artistas, alfaiates e costureiros apareceram com o vestido.

Ao ver a linda roupa, a princesa começou a chorar. Em seguida, correu, saltou em seu cavalo branco e foi procurar certa estradinha de terra perto de um precipício, das pedras e do mar.

Lá chegou e lá estava a velha sentada numa pedra.

Desesperada, a moça contou tudo o que havia acontecido. Falou do vestido feito de peixes e conchas do mar. Falou de sua vontade de viver e de morrer.

A velha pensou um pouco e deu um conselho.

Mandou a moça dizer ao pai que aceitava o casamento, mas com uma condição. Agora queria ganhar um vestido feito com todas as flores e perfumes do campo.

– Vai ser muito difícil fazer um vestido assim – completou ela.

Disse também que, se a moça precisasse conversar de novo, ela sempre estaria ali.

A princesa não tinha saída. A princesa queria viver.

Agradeceu, voltou ao palácio real, procurou o pai e pediu outro vestido.

O rei queria casar com aquela moça de qualquer jeito.

Imediatamente contratou os melhores artistas, alfaiates e costureiros do continente. Exigiu. Ordenou. Ameaçou de morte.

– Quero o vestido pronto aqui na minha mão dentro de duas semanas.

No quarto, a princesa sentia seu coração mais leve. Achava que seu pedido era impossível de ser realizado. Um vestido feito com todas as flores e perfumes do campo?

Mas poder, dinheiro e ameaça de morte fazem milagres.

Passados quatorze dias, os artistas, alfaiates e costureiros apareceram com o vestido.

Ao ver a linda roupa, a princesa começou a chorar. Em seguida, correu, saltou em seu cavalo branco e, de novo, foi procurar certa estradinha de terra perto do precipício.

Lá chegou e lá estava a velha sentada na pedra.

A moça gritou desesperada. Falou do vestido feito com todas as flores e perfumes do campo. Falou de sua vontade de viver e de morrer.

A velha pensou um pouco e mandou a moça dizer ao pai que aceitava o casamento, mas com uma condição. Agora queria ganhar um vestido feito com todos os astros, estrelas e cometas do céu.

Disse também que se a moça precisasse conversar de novo, ela sempre estaria ali.

A princesa queria viver.

Ao saber do desejo da filha, o rei fez cara feira. Estava ficando cansado com tantas exigências. Mas queria casar com aquela moça de qualquer jeito.

Imediatamente mandou contratar os melhores artistas, alfaiates e costureiros do mundo. Exigiu. Ordenou. Ameaçou de morte.

– Quero o vestido pronto aqui na minha mão dentro de três semanas.

No quarto, a princesa estava aflita. Achava que seu pedido era impossível de ser realizado, mas já tinha achado isso antes.

Poder, dinheiro e ameaça de morte fazem milagres.

Passados vinte e um dias, os artistas, alfaiates e costureiros apareceram com o vestido.

Ao ver a linda roupa, a princesa se desesperou. Mesmo assim, foi procurar a velha sentada na pedra.

A moça chegou e caiu no chão. Soluçou. Falou de sua vontade de morrer.

A velha sorriu.

– A vida é assim mesmo, menina – disse ela. – É cheia de surpresas. Para todo mundo. Para mim. Para você. E também para o rei.

E deu seu último conselho.

Mandou a princesa voltar e dizer que aceitava se casar, mas com uma condição. Além dos três lindos vestidos, queria ganhar um leão de ouro.

A moça não entendeu. A velha explicou:

– Sim. Uma imensa escultura de ouro na forma de um leão.

Mas a velha mandou a princesa prestar atenção. Que descobrisse quem seria o escultor. Que o procurasse com muito dinheiro. Pedisse que ele, em segredo, fizesse um leão oco. E que a escultura tivesse uma porta secreta. Ninguém podia saber nem do oco nem da porta. Somente ela.

– Depois que o leão de ouro estiver pronto – explicou a velha –, pegue seus vestidos, suas joias, um pouco de comida e água, esconda-se lá dentro e tenha fé. Deixe o resto nas mãos da vida e do destino.

A moça não tinha saída. A moça queria viver.

– Um leão de ouro? – perguntou o rei, impaciente. – Mas você não tem mais nada para inventar?

Olhou para a princesa e disse em tom ameaçador:

– Mando fazer o leão de ouro, mas será seu último pedido. Chega de fricote e lero-lero. Assim que a escultura ficar pronta, mando marcar a cerimônia do casamento.

Dessa vez, a princesa não ficou esperando sentada no quarto. Correu. Vigiou. Pesquisou. Espiou. Assuntou.

Descobriu quem era e onde morava o artista contratado pelo pai. Foi até sua casa levando uma arca cheia de dinheiro. Explicou o que queria.

O artista estranhou.

– Faço com prazer o que me pede, princesa, mas por que não contar ao rei?

A moça disse que preferia assim e pagava para isso.

– Não é uma questão de dinheiro – respondeu o artista. – Já fui muito bem pago por seu pai para fazer a estátua.

A princesa insistiu. A princesa implorou.

– Faço – disse o artista –, mas não vejo por que o rei não pode saber. Quem me contratou foi ele.

A princesa não tinha saída. No fim, abriu o jogo. Chorou. Soluçou. Falou de seu casamento. Contou os desejos e planos de seu pai.

O rosto do artista ficou sério. Perguntou:

– Mas o que vai acontecer com você depois que entrar dentro do leão de ouro?

– Não sei! – respondeu a princesa, soluçando.

O artista abraçou a moça.

– Fique tranquila. Vou fazer o que me pede. E de graça!

A princesa partiu agradecida.

O tempo passou.

Quando a imensa estátua de ouro ficou pronta, a princesa pediu que a colocassem no seu quarto.

O rei esfregava as mãos de alegria. Agora sim. Mandou convocar seus ministros e conselheiros para organizar a festa do casamento.

Trancada no quarto e seguindo os conselhos da velha, a princesa juntou suas roupas e suas joias, além de um pouco de água e comida. Depois, sumiu no fundo do leão de ouro.

Ao descobrir que a princesa havia desaparecido, o rei ficou louco de fúria.

Ordenou que seus exércitos procurassem no reino, casa por casa. Que vasculhassem o continente. Que virassem o mundo de cabeça para baixo.

– É uma ordem! Quero a princesa aqui, viva ou morta!

Tempos depois, seu primeiro-ministro aproximou-se, temeroso. Declarou que buscas tinham sido feitas no mundo inteiro, mas, infelizmente, a princesa não fora encontrada.

Cheio de ódio, o rei mandou cortar a cabeça do primeiro-ministro.

Em seguida, exigiu que tirassem o leão de ouro de sua frente. Que colocassem o bicho à venda.

Não conseguia olhar para a escultura sem se lembrar da princesa.

Ocorre que um jovem príncipe viajante estava de passagem por aquele reino. Soube da escultura de ouro, pediu para ver, achou-a deslumbrante e comprou-a na hora.

Aquele jovem tinha partido para conhecer a vida e o mundo e agora estava voltando para casa depois de anos de viagem.

O príncipe chegou ao seu reino trazendo a estátua do leão de ouro. Recebido com grande alegria pela família e pelo povo, ordenou que colocassem a escultura em seu próprio quarto.

O rei, seu pai, decretou que nos três sábados seguintes haveria festa para louvar e comemorar a volta do filho querido.

A festa do primeiro sábado reuniu toda a nobreza. Após muitos discursos de boas-vindas, vieram deliciosas comidas e bebidas. Em seguida, teve início o baile.

Já era tarde quando surgiu uma linda moça trajando um vestido feito com todos os peixes e conchas do mar.

Ao vê-la, o príncipe ficou admirado. Era a mulher mais bela que já tinha visto na vida.

O jovem dançou com a moça. Tentou puxar assunto:

– Quem é você? De onde você veio?

– Sou uma princesa e venho do reino dos peixes e das conchas do mar.

O príncipe achou graça:

– Mas peixes e conchas tem em tudo quanto é lugar!

A moça sorriu, desconversou, disse que ia até ali e desapareceu.

A festa do segundo sábado reuniu toda a nobreza do lugar e também os nobres de outros reinos. Após muitos discursos de boas-vindas, vieram deliciosas comidas e bebidas, e, em seguida, teve início o baile.

Já era tarde quando surgiu a linda moça trajando um vestido feito com todas as flores e perfumes do campo.

Ao vê-la, o príncipe ficou encantado.

O jovem chamou a moça para dançar. Tentou puxar assunto:

– Quem é você? De onde você veio?

– Sou uma princesa e venho do reino das flores e dos perfumes do campo.

O príncipe achou graça:

– Mas você tinha dito que era do reino dos peixes e das conchas do mar. Além disso – completou ele –, flores e perfumes tem em tudo quanto é lugar!

A moça sorriu, desconversou, disse que ia dar uma volta e desapareceu.

O príncipe ficou pensando.

A festa do terceiro sábado reuniu toda a nobreza do lugar, nobres de outros reinos e a gente do povo. Após muitos discursos de boas-vindas, vieram deliciosas comidas e bebidas, e, em seguida, teve início o baile.

Já era tarde quando a moça surgiu trajando um vestido feito com todos os astros, estrelas e cometas do céu.

Ao vê-la, o príncipe percebeu que estava apaixonado. Era a mais linda, doce, feminina, atraente e graciosa mulher que já se viu pousar os pés na face dura da terra.

O rapaz sentiu que seu lugar era ao lado dela.

De novo dançaram e de novo o rapaz tentou puxar assunto:

– Quem é você, afinal?

– Sou uma princesa e venho do reino dos astros, estrelas e cometas do céu.

– Primeiro você disse que era do reino dos peixes e das conchas do mar. Depois, do reino das flores e dos perfumes do campo. Agora, você diz que vem do reino dos astros, estrelas e cometas do céu! Afinal – perguntou ele –, quem é você?

A moça sorriu, desconversou, disse que ia e voltava, mas, infelizmente, desapareceu.

Quando percebeu que a moça tinha ido embora, o príncipe sentiu-se mal.

Ele era jovem e forte, mas adoeceu.

Uma sombra inesperada e escura veio morar dentro do seu corpo.

E o rapaz que antes era cheio de vida não quis mais saber de conversar, nem dançar, nem rir, nem caçar.

Passava os dias em silêncio, olhando as pedras do chão.

Médicos vieram examinar o filho do rei. Remédios e tratamentos foram experimentados. Nada funcionou.

O tempo é ferro em brasa que deixa a pele marcada.

Certo dia, depois de muita insistência, o jovem príncipe aceitou o convite de amigos para ir caçar.

Foi sem vontade. Foi com os olhos grudados nas pedras do chão.

Na volta, chegando no castelo, escutou seus companheiros conversando. Estavam surpresos. Tinham visto uma moça desconhecida passando numa das janelas do castelo. Disseram que ela usava um lindo vestido feito de peixes e conchas do mar.

Ao escutar isso, o príncipe parece que acordou de um sonho. Como? Levantou a cabeça, olhou, olhou, mas só encontrou uma janela vazia.

– Vocês têm certeza?

Mesmo cheio de dúvidas, só o fato de ter ouvido falar de uma moça trajando um vestido feito com os peixes e as conchas do mar deixou o príncipe mais animado.

Tanto que na outra semana aceitou sair para uma nova caçada.

Na volta, chegando no castelo, escutou seus companheiros conversando. Agora tinham visto uma moça desconhecida passando numa das janelas do castelo. Disseram que ela usava um lindo vestido feito de flores e de perfumes do campo.

Infelizmente, de novo, o rapaz estava com os olhos grudados nas pedras do chão.

Como? Ele deu um grito. Levantou a cabeça, olhou, olhou, olhou, mas só encontrou uma janela vazia.

– Vocês têm certeza?

As dúvidas iam e vinham. Agora havia uma semente de esperança brotando no coração do príncipe.

Propôs ele mesmo que o grupo saísse no dia seguinte para uma nova caçada.

Na volta, chegando no castelo, não escutou a conversa de nenhum companheiro. Ele mesmo ficou de cabeça erguida e olhos grudados na vida. Graças a isso, viu, ele mesmo, uma moça passando numa das janelas do castelo. Ela trajava um lindo vestido feito com astros, estrelas e cometas do céu.

Ao vê-la, o príncipe não quis saber de mais nada. Chicoteou o cavalo. Galopou. Chegou ao castelo, saltou, subiu voando as escadas, empurrou pessoas, derrubou móveis, arrombou portas. Foi cruzando corredores e corredores feito um doido varrido.

No fim, acabou vendo um vulto.

Foi atrás feito um raio.

Surpreso, percebeu que o vulto tinha entrado em seu próprio quarto.

O príncipe encontrou o quarto vazio, mas no corpo do leão de ouro, num cantinho do lado esquerdo, deu para ver um pedaço de tecido feito com astros, estrelas e cometas do céu.

Sim. Na pressa, afobada para se esconder na escultura de ouro, a princesa fechou a porta, mas, sem perceber, deixou uma pontinha do lindo vestido do lado de fora.

Foi quando o príncipe gritou. Chamou a princesa. Bateu na estátua de ouro. Puxou e rasgou o pedaço de pano colorido. Ficou de joelhos. Jurou o seu amor. Pediu que ela saísse. Implorou. Chorou. Disse que precisava conhecê-la. Disse que desejava casar-se com ela.

A princesa então abriu a porta secreta e saiu do leão de ouro.

Príncipe e princesa se abraçaram.

Depois de muitas conversas, a moça aceitou o pedido do moço.

Uma festa grandiosa comemorou o casamento do príncipe com a linda princesa, que passou a ser conhecida como a moça dos três vestidos.

Os padrinhos de casamento foram o artista que criou e construiu o leão de ouro e a velha senhora, que passou a viver no castelo e tornou-se a principal conselheira da princesa.

O pai da noiva, o rei poderoso que governava com mão de ferro continentes, homens e nações, comandava terras, ares e mares, possuía exércitos violentos e invencíveis, era dono de escravos, tesouros e riquezas incalculáveis, dessa vez simplesmente não foi convidado.

Maria Gomes

Pescador precisa ter fé. Sair de barco encarando onda pode dar em tudo. Estrela marinha. Tempestade de rebentar. Monte de peixe bom. Ressaca de repente.

Pode também dar em nada. Esperar, esperar e esperar. Voltar para casa vazio.

Pescador precisa ter fé, senão não.

Aquele pescador era velho. Sabia. Andava num braço de ferro danado com o mar. Pelejando atrás de peixe, faz tempo. Mais de semana e meia.

Mar avarento de não dar um isso.

O pescador perambulando n'água. Puxando rede de um jeito e de outro. Manejando artes de quem, desde sempre, andou nos dentros do mar.

Peixe, nem sombra.

Homem que é homem não quebra. Às vezes.

Semana inteira de nada é muito.

O desânimo pegou no pescador. Fiasco de impotência. Velhice.

Pescador precisa ter fé.

Que nem andarilho solto no mundo sem onde para chegar.

Aquele dia, o pescador arrumou barco. Apertou dente. Foi.

O tempo corrói. Horas lerdas passando inexoráveis. Peixe nenhum. E a vontade do homem foi rachando. Fé feito pó de rebotalho desmilinguindo no vento.

Mar cinza com céu cinza faz horizonte desaparecer.

O velho pensou na morte. Baixou e levantou a cabeça. Escutou uma voz.

A praia longe. Dali nem dava para ver. O homem arrepiou. Voz ali? Como?

E a voz veio clara. O velho escutasse. Havia um lugar assim de peixe. Ali perto. Pescaria de engasgar navio. Mas a voz queria um trato. Ensinava, sim, o lugar. Em troca o pescador faria uma promessa. Dar a primeira coisa que visse logo ao chegar em casa.

O velho garrou a imaginar. Cabeça veloz refazendo o percurso. Voltando via o quê todo dia? Só seu papagaio velho.

Que era de estimação, era. Mas... e o deserto? E a fome? E a impotência diante daquele mar inútil?

Decidiu. Ficava sem o louro. Tossiu. Disse que sim.

A voz, então, ensinou.

Peixe tanto assim, nunca. Nem antes. Antigamente. No tempo de moço. Vida cheia de vida. Vida mansa sem empecilho.

O pescador trabalhou até tarde. Atulhou barco com peixe. Voltou feliz para casa.

Já na estrada. No caminho de terra. Virando curva. Olhos vendo e não querendo ver. Coração batendo e querendo parar. Saco cheio de peixe desmoronando sem sentido.

Era a coisa mais linda que vinha vindo, mas não podia: sua filha.

O nome da moça era Maria Gomes.

Bonita a Maria Gomes.

Corpo solto e moreno. Jeito arisco. Olhos grandes de jabuticaba.

Aliás, a moça inteira era fruta saborosa.

Chegou faceira. Beijou o pai.

O velho encarquilhou. Mil anos de repente vincando sua pele.

Os dois no caminho de casa.

Uma, flor delicada levada pelo vento.

Outro, pedra fria.

O jeito do pai acabou atravessando. Tanto peixe depois de tanto tempo e ele daquele jeito assim quieto num canto? Fartura de dar gosto na vida e ele murcho?

A mulher cansou. A filha quis saber.

Aconteceu o quê? Foi alguma coisa? Conta, homem! Desembucha!

O velho falou.

Começou de antes. Disse dos medos. Da desesperança. Desespero de voltar com um vazio nas mãos. Receio de fim chegando perto. Chorou. Pediu perdão. Contou da voz dentro do mar de repente. Da conversa. Do trato. A moça ficou em pé.

– Filha, me perdoa!

O homem soluçava. Sim! Foi barganha do diabo. É! Contrato de trocar migalha por riqueza.

As unhas do pai arranhando o rosto. A filha quieta. O corpo do velho caído no chão do pesadume.

A moça então disse:

– Pai! Não tem nada. Eu vou!

O dia seguinte amanheceu assim: céu pintado de vermelho, roxo e amarelo. Azul crescendo vasto por trás de tudo.

O velho e a moça seguiram até a praia. De mãos dadas, caminharam pela areia branca.

O mar ia e vinha amoroso.

Um pássaro assustado levantou voo.

O velho e a moça pararam.

Uma mão surgiu longe. Mão sorrateira dentro d'água.

A voz veio e cobrou.

Pai abraçou filha.

A moça Maria Gomes arregaçou a saia e entrou no mar.

Água vagarosa tomando posse de seu corpo.

A mão pegou a moça. O pai continuou lá.

O horizonte intacto dividia o mundo em duas partes.

Água de todas as qualidades penetrando olhos. A viagem foi de umedecer alma por dentro. Maria Gomes deixou-se levar. Amoleceu.

Pensamentos rodando em dez direções. Vácuo. O perto ficando cada vez mais longe.

Quando acordou, a filha do pescador estava num castelo. Palácio suntuoso. A moça era acostumada com quase nada. Foi deslumbramento caminhar por tanta cortina de veludo. Tanta tapeçaria rara. Joia imponente. Arquitetura de mármore, ouro, marfim e prata.

Maria Gomes passou a viver no castelo do fundo do mar.

Lugar esconjuro.

Por força de algum encanto poderoso, tudo no palácio transcorria sem ter como transcorrer.

Sim.

Não se via nem se ouvia vivalma nem nada nem ninguém. Entretanto, a mesa vivia posta. Salas, quartos e demais aposentos sempre arrumados. Jardim tratado, florido e regado como se um bando de criados invisíveis estivesse servindo o tempo todo.

A moça admirava.

No palácio havia uma sombra. Certo vulto.

Sentava com a moça nas refeições. Vagava silencioso pelos corredores. Mais. À noite, deitava com ela na mesma cama.

A filha do pescador estranhava.

Fantasma assim tão perto e tão distante. Dormir junto de feitiço.

A sombra era mansa. A moça logo acostumou.

Tudo Maria Gomes tinha.

Mas solidão é ferida. Dor invisível ardendo discreta devagarinho.

E na moça foi dando vontade de ver gente. De conversar. De ficar junto.

As lembranças desenhavam no ar o rosto enrugado do pai. A mãe risonha fazendo doce na cozinha. Conversas ao pé do fogo. O papagaio cantando.

A saudade da moça acabrunhava. Inventava pesadelo de fazer olho pular aceso no meio da noite escura.

Um dia, logo cedo, a voz veio. Chamou. Disse que agora a moça podia visitar os pais. Matar saudade.

Mas cuidado! – disse o vulto. Havia uma condição. Que a moça fosse num dia e voltasse no outro. E voltando não trouxesse nada.

Prestasse atenção! Jurasse bem! Nada trouxesse da casa dos pais. Nenhuma espécie de coisa.

A moça sorriu. Que fácil! Trazer o quê se no palácio havia quase tudo?

Aceitou. Jurou e prometeu.

Como foi bom sair do mar. Pisar terra firme. Sentir o vento morno da manhã. Pegar na pele o sopro do sol. Caminhar pela estrada de terra velha conhecida.

Foi bom dobrar a curva do caminho e avistar a casa.

Papagaio cantando no poleiro. Fumacinha branca escapulindo.

A moça bateu na porta.

O pescador abriu.

– Maria! Minha Maria!

E veio a mãe e foi tanto abraço apertado, beijo e carinho que deu gosto.

O pescador queria saber tudo.

Onde ela vivia. Como era o fundo do mar. E aquela mão? E a voz?

Maria Gomes foi contando. Descrevendo. Explicando castelo. Riquezas. Sensações. Falou no vulto.

Pai e mãe espantados.

Vulto como? Era espírito? Alma penada? Feitiço? Fantasma transparente?

A moça disse que não sabia.

A mãe sugeriu. Que na volta Maria levasse uma vela. De noite, no quarto, fizesse luz. Descobrisse afinal que vulto era aquele vulto que tanto se ocultava.

A moça não podia. Tinha jurado. Fizera promessa.

Mas a mãe insistiu:

– Que é que tem? Ninguém vai saber! É coisa pouca! Só ver o jeito da sombra e pronto!

Maria Gomes não queria. A mãe sorria balançando a cabeça branca:

– Que mal há?

A filha aceitou.

No dia seguinte, quando chegou na beira do mar, uma mão surgiu n'água. Uma voz perguntou se a palavra dada estava de pé.

A moça mentiu. Disse que não trazia nada, mas trazia.

Correu o tempo.

Noite alta. Castelo mergulhado em espuma do mar. Maria Gomes decidiu: – É hoje! – Procurou o vulto a seu lado. Sorrateira, arranjou fogo. Acendeu vela.

Aproximou-se.

Luz quando acende mostra o que a gente quer e o que não quer. O que deve e o que não deve.

A luz trêmula iluminava os contornos do quarto.

Iluminava também o rosto, o corpo, os olhos e a alma da moça.

O vulto deitado na cama era de homem. Dormindo. Homem jovem e belo.

Maria Gomes apreciou aquele corpo tranquilo. Chegou perto. Sentiu o calor que vinha do moço.

Com a vela na mão, examinava o corpo adormecido. Esquadrinhava. Encantada cada vez mais.

Que coisa bonita! Como homem é!

E vieram impulsos. Desejos de tocar. De pegar.

Deu medo. Melhor parar! Apagar a vela logo! Olhou. Devaneou. Chegou mais perto. Uma gota mole e quente escorreu pela vela, caindo na pele do moço.

Pronto.

O corpo se mexeu. Um salto. Dois olhos arregalados.

– Malvada! Ah, ingrata!

Animal furioso zanzando pelo quarto.

Maria Gomes admirava assustada.

– Por sua causa – o dedo em riste –, por culpa sua, vou ficar encantado mais sete anos!

A moça escondeu o rosto. O jovem gesticulava.

– Por um dia! Um único dia! Maldita vela! E o trato? Você prometeu! Mentirosa! Jogou fora sete anos da minha vida!

A moça chorava arrependida.

O mal estava feito. O rapaz sentou-se na cama. Suspirou. A moça pôs a mão em seu ombro. Quis consolar. O moço empurrou. Mandou abrir a janela. Perguntou de que cor estavam as nuvens.

– Negras – disse Maria.

O moço ia partir. Antes fez um pedido. Que a moça saísse do castelo assim que raiasse o dia. Fosse de volta para a praia. Lá encontraria um cavalo branco. Quis saber das nuvens.

– Estão cinzas.

Que na praia Maria fizesse o seguinte. Cortasse o cabelo. Arranjasse roupa de homem. Disfarçada, montasse o cavalo.

Viajasse. Para onde? Nada perguntasse. Aceitasse apenas. E agisse feito homem. O moço pediu por favor. Era a última chance de quebrar seu encanto. Disse que o que tivesse que acontecer aconteceria. Perguntou das nuvens.

– Agora estão brancas.

O moço ficou em pé. Foi perto da moça. Pegou. – Boba! – Beijou sua boca. Segurou pela cintura. Apertou. – Bandida! – Subiu depois numa nuvem e desapareceu.

Manhã de dois arco-íris passando ao mesmo tempo. Mar manso. Uma cabeça saindo d'água. Depois um corpo. De fêmea. Bico duro de seio grudado na roupa molhada.

Maria Gomes andou pela praia. Avistou o cavalo.

O animal levantou a cabeça. Veio garboso chegando devagar. Sabia, parece, seu papel e seu destino.

Relinchou. A moça sorriu.

Sentada na pedra, Maria Gomes cortou seu cabelo. Arranjou roupas. Costurou. Encobriu as partes formosas do seu corpo. Pensou.

Era moça donzela. Delicada. Fazer como papel de homem? Imitar de que jeito força bruta? Modo de andar? De falar?

Maria imaginava truques. Tentava lembrar. Foi sondando no fundo dela mesma a maneira melhor.

Depois, montou cavalo. Partiu.

Montaria fogosa.

O cavalo branco galopava distâncias. Cavalgava montanhas, florestas e vales como se fosse fácil.

O corpo da moça parece que entendia o corpo do cavalo.

A viagem durou sete dias e sete noites.

Chegando num reino longe, Maria arranjou emprego de jardineiro no castelo do rei.

E a filha do pescador foi se aventurando nas artes de ser homem.

Andava meio dura. Sentava de perna aberta. Falava grosso e pouco. Cuspia de lado. Pegava enxada decidida, camuflando com terra a dor das mãos escalavradas.

No castelo havia um príncipe. Único herdeiro do rei. O jovem conheceu o jardineiro numa tarde vermelha.

Puxou assunto.

O jardineiro falava o mínimo. Tipo fechado. Mocho.

O príncipe, assim mesmo, fez perguntas. Trocou ideias sobre o tempo das chuvas. A época da poda. A influência dos raios de sol no crescimento das plantas.

Perguntava, falava e examinava o jardineiro. A roupa pobre. O jeito xucro. As mãos sujas de terra.

Fato inexplicável.

O jovem de sangue azul. O nobre culto e mimado, sucessor de todo um reino, ficava mais e mais amigo do jardineiro.

O príncipe, nem ele compreendia aquela amizade.

Apenas gostava do rapaz. Apreciava estar perto dele. E deu para pensar nele. Muito.

O jardineiro arrancava mato. O príncipe vinha ver. O jardineiro preparava terra. O príncipe ajudava.

Olhos nobres distraídos, examinando lábios. Descobrindo pescoço. Orelha. Ombros delicados.

Uma noite o príncipe sonhou.

Estava debaixo de uma árvore. Ele e o jardineiro.

Os dois conversavam sentados. De mãos dadas. Um ficando mais perto do outro. Os lábios do jardineiro mexendo. Seu hálito quente. Um vento morno soprava. A boca do príncipe tocou a boca do jardineiro. O céu ficou turvo. Eram penas. Milhares de penas brancas boiando no ar.

O príncipe acordou suado. Sufocado. Não conseguiu pregar mais o olho a noite inteira.

No dia seguinte tomou coragem e foi consultar a mãe.

Veio sem jeito. Que a rainha desse um conselho. Fosse até o jardim. Examinasse um moço assim, assim, assim. E sentisse seu cheiro. Modo de andar. Tudo. Era o jardineiro novo. E que fizesse um favor. Dissesse o que tal moço tinha. Era feitiço? Estava aflito. Para ele o jardineiro parecia mais uma mulher!

Na mesma tarde a rainha foi. Chamou depois o filho. Sorria. Disse:

– Que nada! Imagine! É um rapaz delicado. Só isso.

O príncipe voltou dali a uns dias.

A rainha penteava os cabelos diante de um espelho.

O rapaz entrou no quarto. Fechou a porta:

– Mãe!

Contou seu sonho. Falou das noites passadas em claro. De sentimentos confusos. Coisas acontecendo dentro do corpo. Pediu. Que ela fosse de novo. Por favor. Que olhasse melhor. Para ele aquilo era moça.

– Moça com esse cabelo? – perguntou a rainha. – Vestida de calça assim? Filho! A troco de quê?

Mas o príncipe andava inquieto. Não sabia o que fazer.

Como tratar o tal jardineiro que mais parecia princesa? Que mais lembrava uma dama de tão lindo que ele era?

A rainha aconselhou.

Que o filho fizesse um teste. Convidasse o rapaz para jantar.

Se ele, porventura, preferisse cadeira baixa, se esperasse, por acaso, comida esfriar, aí sim, talvez fosse mulher escondendo dotes por razões que ninguém sabe.

O príncipe convidou.

Maria Gomes foi receosa. Precavida. Percebia o interesse do príncipe. Seus olhos perscrutadores.

A moça tentou lembrar como os homens se comportavam.

Falou grosso. Arrotou. Sentou na maior cadeira. Deu soco na mesa. Gargalhou. Exagerou. Comeu comida fumegando.

O filho voltou à mãe. Descreveu olhos. Pestanas. O desenho dos lábios. O perfil delicado. Contou como o jardineiro se portara. Mas – e o príncipe andava tonto pelo quarto – homem nenhum podia ter o jeito que ele tinha!

A rainha disse: – Pois bem! – Que o filho chamasse o jardineiro. Pegassem seus cavalos. Fossem até o rio num fim de tarde. Que lá os dois se despissem e tomassem banho juntos. Modo assim era infalível, disse ela. Jeito simples de julgar o que é mulher e o que não é.

Os olhos do príncipe brilharam.

O jardineiro aquele dia não podia ir. Nem no outro. No terceiro dia, Maria Gomes respirou fundo. Disse que ia. Foi pensando no fim. Na vergonha. Na quebra do trato que fizera. E agora? Disfarçar corpo de fêmea de que jeito? A moça não sabia deixar de ser ela mesma.

Chegaram. O rio corria alegre cortando a terra. Apearam. Amarraram cavalos.

O príncipe esganado foi tirando a roupa. Maria Gomes engoliu em seco. Olhou o jovem despido esperando parado em sua frente. Resignada, principiou a desabotoar a camisa. Estava no terceiro botão, quando seu cavalo, de repente, começou a relinchar e pular e corcovear, mordendo e dando coice no outro e em tudo perto.

Vestindo a roupa, o príncipe tentou acalmar o animal.

Foi atirado longe. Fugiu. Quase toma um coice.

O animal enlouquecido rebentou cerca. Derrubou o outro cavalo. Atropelou porteira. Parecia um demônio soltando fogo pelas ventas.

Dois camponeses apareceram na curva da estrada.

Reconheceram o príncipe. Quiseram ajudar. Um saiu ferido. O outro ficou no chão desacordado.

Maria Gomes lembrou do pai lidando contra peixe grande. Tomou coragem. Levantou. Pegou corda. Jogou. Gritou. Falou grosso. Xingou. Quase escorrega. Puxou. Lutou. O cavalo, doido. A moça, segurando. Chegou perto. Saltou. Rápida. O cavalo, montado, ficou manso no mesmo instante.

A noite havia caído.

O príncipe puxou seu cavalo manco de volta para o castelo.

– Mãe! – o príncipe bateu na porta. Contou do cavalo. Do jardineiro. Homem nenhum domava cavalo assim. Nem era tão cheiroso. Nem tinha tanta graça. Estava ficando louco?

– Amo aquele rapaz!

A rainha examinou o filho. Foi falando devagar. Que chamasse o jardineiro depois de um dia duro na terra. Inventasse uma desculpa qualquer para passarem a noite juntos. Um trabalho, por exemplo. Qualquer coisa. Disse que, se fosse mulher, o jardineiro não resistiria e acabaria cedendo ao sono. Que ele deixasse o rapaz dormir. Então fosse com jeito e examinasse seu corpo. Sentisse com as próprias mãos se era mulher ou o quê.

Aquele dia o jardineiro passara carregando e plantando mudas. Estava exausto. Recusou o convite. O príncipe exigiu. O jardineiro teve que ir.

Maria Gomes no quarto do príncipe, sentada com ele na cama, ajudando num trabalho sem cabimento, pressentia risco. O tempo passando. Seu corpo fraquejando. Olhos pesados. Vontade de deitar. Soltar o corpo. Afundar no sono. As horas monótonas minavam o jardineiro por dentro.

Maria Gomes lembrou do pai. Das noites inteiras passadas por ele no mar pescando e pescando.

Se ele podia, ela podia. Fincou pé. Aguentou firme aquela madrugada demorada.

O dia raiou. O jardineiro pediu licença e foi embora.

Mais tarde, uma mãe diante do desespero de um filho exclamou:

– Basta! Tudo pode ser. Há um jeito!

No outro dia, a rainha apareceu de surpresa no jardim.

Veio majestosa. Olhava distante com olhos agudos. Zanzou distraída pelas alamedas. Cheirou flor.

Passeio de cobra. Andança de logro.

A rainha chamou o jardineiro.

Não aquele. Nem o outro. Queria o jovem. O bonito.

Atrás de um arbusto, diante do rapaz, rasgou as próprias roupas. Mostrou os seios reais. Sorriu. Depois gritou. Pediu ajuda.

– Socorro! Me acudam! Me larga, animal!

Vieram guardas. Veio o príncipe.

A rainha guardando os seios acusou o jardineiro. Chamou de infame. Disse que era doido. Sem-vergonha. Disse que o moço tentou agarrar seu corpo à força.

O jardineiro colocou as mãos no peito.

– Eu?

Mentira! Traição! Maria Gomes retorcida. Não podia dizer que era moça. Não queria.

Encarou a rainha. Encontrou olhos gozando azuis.

Veio o rei. Segurou o jovem pelo colarinho. Deu soco, murro e bofetada.

– Salado! Vai pagar caro! Com a própria vida!

A rainha olhava o moço esperando.

Maria Gomes teve medo. Vontade de chorar. Soluçar. Contar seu segredo.

O jardineiro ficou quieto. Baixou os olhos.

O príncipe olhou a mãe.

Então o moço era homem! Então era tudo engano?!

Soldados atiraram o jardineiro na masmorra.

No silêncio da noite quem escutasse seu choro, quem pudesse ver de perto seu jeito de maldizer a vida e o destino descobriria, na certa, que aquele moço era moça.

O tempo passou. Chegou o dia.

Corda gadanha balançando no ar.

Gente vindo de longe assistir ao enforcamento.

O dia raiou bonito. O sol. As árvores. Os perfumes.

A natureza que é sábia quantas vezes nem repara os crimes que o homem faz.

Sob o céu de aquarela uma vida partiria à toa.

Mil pássaros coloridos sobre um pescoço quebrado.

Tambores e clarins. A plateia esperando.

No alto do cadafalso surgiu o jardineiro. Delicado. Ajeitou a mecha de cabelo caído na testa. Bonito isso ele era. Muito mais que muita moça.

O rei de pé, imponente, pediu ao povo silêncio.

Falou do crime do moço. Da desonra. Do desrespeito. Da tentativa sem nome de profanar a rainha. Pagaria com sangue aquele impulso imprudente.

Tambores martelando soturnos.

Soldados empertigados. O príncipe quieto. O povo olhando.

O rei ergueu o braço.

O condenado pediu a palavra. O jardineiro tinha um último desejo. Queria contar uma história antes que a corda levasse sua vida.

O rei consentiu.

O moço começou. Contou de há muito tempo atrás. De um velho pescador. De um mar inútil. De uma voz no fundo do mar. Falou do trato. Da desgraça. Da filha do pescador. E de uma mão. E de um castelo encantado. E mais. De uma sombra que era um moço.

O rei escutava.

O povo escutava.

A natureza parada, silenciosa.

O jardineiro contou o erro da filha do pescador. Falou da vela e da revelação. Falou de encanto e sacrifício. Das roupas de homem. Do cabelo cortado. Do cavalo branco. Da viagem ao léu. Do emprego de jardineiro.

A rainha mordeu os lábios.

O moço falou da amizade entre o filho do rei e a filha disfarçada do pescador. Amizade que virou desejo. Desejo que virou guerra. Para a filha do pescador, revelar-se seria colocar tudo a perder.

E o condenado voltou-se para a rainha. Acusou de dedo em riste. Chamou de mentirosa. Traiçoeira. Ela armara armadilha.

O jardineiro chorou. Soluçou. Gritou. A moça era ele! Era ele a filha do pescador!

Para provar, diante de Deus, do rei, do príncipe, do sol, do céu, das árvores, de tudo e de todos, despiu sua roupa em cima do cadafalso.

Deixou aparecer, esplendoroso, seu corpo de mulher.

O rei chamou a rainha. O sol aceso. O povo gritava. Olhos agradeciam existirem naquele dia.

Afobado, o príncipe empurrava a multidão tentando chegar mais perto.

No meio de tudo, explode um cavalo branco.

Surge em frente ao cadafalso.

A moça monta.

Cavalo impetuoso! Desapareceu dentro de um galope.

Tempo de travessia.

Cavalo e cavaleira. Dois corpos encaixando um no outro. Cabendo um no outro.

Viagem de transmutação.

O cavalo parou. A moça desceu.

Sorriso encantado.

O cavalo não era cavalo.

Era homem. Um moço.

Antes fora vulto, sombra prisioneira num castelo no fundo mais fundo do mar.

A viagem assombrosa de João de Calais

Era um reino longe. Um rei mandava lá. O rei tinha montanhas, matos e rios. Castelos, cidades, fazendas. Escravos, soldados, mulheres.

Para o rei, o tesouro primeiro, a riqueza adorada, era João. João de Calais. Seu filho.

Os mais sábios professores João tinha. As mais doces companhias.

Tudo.

O moço era forte e belo. Um dia chamou o pai.

Queria viajar. Queria correr mundo. Pediu um navio.

O rei examinou. O filho estava homem.

Uma lembrança ecoou nele, viva e antiga. Também um dia fora jovem. Também um dia sentira vontades. Fomes e febres de partir, viajar, conhecer novos caminhos, medir a própria força contra tudo e contra nada.

O pai sorriu. Disse que sim.

Que construíssem o mais lindo navio que jamais houvera.

Que chamassem trinta audazes marinheiros.

Que carregassem o navio de joias, tecidos, perfumes, tapetes, vinhos e animais raros.

Um arco-íris brilhava entre duas nuvens no alto do céu.

O navio zarpou.

O mar é manhoso. Dias se passaram.

Nuvens vieram, cinzentas. O navio marchava valente.

O vento parou. As ondas pararam.

Tempestade.

Quanto tempo durou, ninguém sabe.

Mil águas caindo mil dias. Peixes atirados no céu. Ondas feito véus encobrindo a proa e a popa. O navio dançava a música das trevas. O mastro rachou. As velas rasgaram. O barco inundado e sem governo acabou afogando. Quase. Encalhou. João de Calais não morreu por um triz.

Aprendera no mar o às vezes lutar e dar tudo em vão.

O navio ficara atolado próximo a uma ilha. Para lá dirigiu-se João.

Terra grande, aquela. O moço até se espantou.

Cidade limpa. Ruas largas e retas. Relógios. Movimentos. Indústrias. Gente ocupada. Trabalho. Pressa. Riqueza.

Como é vasto o mundo! Quanto lugar que ninguém viu!

João disse quem era. Contou sua história. Foi bem tratado. Pediu e recebeu ajuda. Desencalhou o navio.

Um dia antes de voltar para sua terra, descansando numa praça, sentiu o ar pesado, fétido, grosso. Seguiu o rastro ruim.

Debaixo de uma árvore, sobre o verde da grama, havia um corpo. Cadáver de homem morto. Cachorros comendo sua carne. Deu medo. João gritou:

– Passa!

As pedras zuniram enxotando os animais.

Procurando as pessoas, o rapaz perguntou e soube.

Era um costume antigo. Quem morresse naquele país sem pagar suas dívidas, fosse quem fosse, não podia ser enterrado. Perdia o corpo, sim, mas sobre o chão. Devorado por cachorros e vermes.

O moço baixou os olhos. Pensou nos cães. No morto. Nos vermes...

E se alguém saldasse a dívida?

Correu João de Calais. Investigou. Procurou autoridades. Falou, explicou, pagou.

O defunto foi enterrado.

Dia seguinte, um navio reformado içava suas velas. Partia alegre no rumo de casa. Gaivotas mergulhavam no azul do céu. Nuvens brancas olhavam.

A viagem seguiu noite e dia na palma do mar.

Um dia, um ponto surgiu longe. Outro navio. Piratas.

João de Calais gritou ordens de armar canhões. Homens correndo. Navio chegando perto de navio. Cornetas.

Uma bandeira branca tremulou no mastro.

O capitão pirata, com seus lábios finos, oferecia mercadoria.

Joia rara. Especiaria das especiarias. Colocou uma mulher sobre o convés.

Falou coisas.

Que era a princesa tal, que tinha dotes assim.

A mulher, quieta, sem tirar os olhos do mar. As roupas rasgadas revelavam partes de seu corpo. O pirata ria.

Um bote caiu no mar. Foi com ouro. Voltou com mulher.

João nada perguntou. Mandou mostrar aposentos. Arranjou roupas. Que a moça descansasse e ficasse em paz.

A viagem era longa.

O mar inventa histórias.

Seu nome era Constança. Constança era mulher bonita.

Num navio a vida é à toa.

João conversava com a moça. Contaram coisas de si.

Constança, cheia de graça, brincava os olhos morenos.

Riam. Falavam tudo. Tinham quase a mesma idade. Chegaram a inventar assuntos. Destinos, sonhos e signos. Vontades de ficar junto.

Antes de pouco tempo, dois olhos leram dois olhos. Uma mão tocou a outra.

O barco cortando ondas ia encurtando distâncias.

Lábio procurou lábio. Corpo procurou corpo.

João aprendia no mar o às vezes sentir tudo, dar e receber.

Quando o barco aportou, nunca se viu tamanha festa.

Igrejas tocavam sino. O povo todo na rua.

O pai recebeu nos braços o filho que voltava.

João falou de Constança.

O rei se fez preocupado. Quem era aquela mulher?

João queria casar. Quem era aquela mulher?

O rei dizia que não. João ainda era moço. Quem era aquela mulher?

O filho chamou o pai. Abriu o seu coração. Falou de coisas de amor, que descabiam em medidas. Que não podiam em palavras. Explicar como, a paixão?

O rei ouviu. Aceitou.

Montanhas, matos e rios. Castelos, cidades, fazendas. Escravos, soldados, mulheres.

O reino ficou em festa. Foi assim o casamento.

E logo nasceu um filho.

Os moços riam felizes. Na vida tudo ia bem.

Mas o mar inventa histórias.

Deu em João vontade de seguir outra viagem. O tempo ali era manso. Queria mais movimento. Visitar novos lugares. O mundo é imenso. O mar, sem fim.

Constança fez um pedido.

João chamasse um pintor. Mandasse pintar um quadro. Ela e o filho no colo.

Queria que ele levasse esse quadro no navio.

O quadro ficou bonito. Então o navio zarpou.

Viagem longa que foi!

João soltou-se no mundo. Ultrapassou horizontes. Passou por terras geladas. Por povos sem fé em Deus. Alcançou reinos regidos por homens que se escondiam.

Um dia, chegou num porto do outro lado do mundo.

Fez negócios no mercado. Comprou coisa. Vendeu coisa.

Conheceu tantas pessoas. Gente pobre. Gente nobre.

Convidou o próprio rei a visitar seu navio. Um banquete foi servido. O rei veio. De repente, seu rosto se contorceu. Dois olhos boquiabertos diante de uma parede.

Chamou João de Calais. Que quadro era aquele quadro? Que moça era aquela moça?

João contou sua história.

Falou do pai e seu reino. Da sede de viajar. Contou também do naufrágio. Do país que visitou. Falou do morto. Da volta. Do encontro com o pirata.

Chegou então em Constança. Explicou sua beleza. Descreveu olhos morenos. Confessou o seu encanto, seu amor, sua paixão. Relatou o casamento. A sensação de mistério, de ser pai, de ter um filho.

O rei chorando, sorriu.

– Mas Constança é minha filha!

Já perdera a esperança de um dia ver de novo aquela joia querida.

Que já tinha feito preces. Enviado seus navios por águas dos sete mares. Consultara cartomantes, feiticeiras, visionários. Que já pegara doença. Quase caíra da ponte. Emagrecera. Sofrera. Sonhara. Desanimara.

Beijou João.

– Você agora é meu filho!

Ficou tudo combinado.

João partiria logo, buscar Constança e a criança, enquanto o rei preparava uma festa como jamais houvera nem ali nem nos reinos perto.

O navio zarpou.

– Haverá festa!

O rei luzia de felicidade.

– Constança vive!

Mas nem tudo são prendas, nem flores, nem luz.

No reino havia um duque. Esse homem era herdeiro no caso da morte do rei. Com a vinda de João e a volta de Constança, tudo se desmanchava.

Trono. Terras. Poder.

Fel e veneno urdiram um plano.

Aparentando amizade, seguiu com João na viagem até Constança. Deu graças a Deus. Elogiou. Disse palavras de alegria. Sorriu e chorou mentiras.

Navio cortando águas.

A bordo dois homens sonhavam.

Um, com olhos morenos. Segredos de um corpo. Uma criança.

O outro...

Meia-noite. Hora do lobo. João levantou sem sono.

Subiu para o tombadilho, respirar, sentir a noite.

Duas mãos em seu pescoço. Uma pontada nas costas. Virou a cabeça. Reconheceu o rosto, os olhos, mas não o olhar.

Lutou. Levou um golpe na cabeça.

Sangue. O corpo tonto. Tudo girando, voando, caindo. Um baque. Água salgada entrando pelos pulmões.

Aprendia no mar o mistério do mal. O ódio. A morte mesmo.

O navio chegou sem João.

Perdera-se no mar. Ninguém sabia. Ninguém viu.

– João!

A voz do rei cortou as almas.

– João!

O reino ficou de luto. A dor cobriu montanhas, matos e rios. Castelos, cidades, fazendas. Escravos, soldados, mulheres.

Constança quieta. O dia inteiro. E o outro. E o outro.

Depois, vestiu-se de preto. Os olhos morenos. O corpo bonito. Mas dentro... Só vontade de morrer. Raiva de respirar. Vazio.

Pegou o filho no colo. Decidiu que voltava para seu pai.

Vento triste. Manhã cinzenta. O navio zarpou.

Nele, um homem cheio de planos e uma mulher sofrida brincando com uma criança.

Mas o mar inventa histórias.

O duque procurou Constança. Falou que sentia pena. Eram amigos de infância. Puxou lembranças no tempo. Agora ela estava só. Queria estar a seu lado.

A mulher disse que não.

O duque foi e voltou.

Que ela pensasse bem. Imaginasse o futuro. Que lembrasse da criança. Agora ela estava só. Queria estar a seu lado.

A mulher disse que não.

O duque se ajoelhou. Jurou juras. Inventou. Mentiu sonhos escondidos. Ofereceu mil carícias. Seu amor e sua mão.

A mulher disse que não.

O navio chegou de volta.

A festa foi adiada.

O rei, feliz – mas sofria. Pela filha, pelo neto, pela morte de seu filho.

Sentimentos desiguais percorreram todo o reino. A notícia da beleza. A notícia da tristeza.

Mas o duque não cansava. Procurou pela mulher. Prometeu mundos e fundos. Chorou. Pediu. Implorou.

Constança ouvia calada.

Perder ou ganhar o quê? A vida não tinha vida sem o amor de João.

Olhou para seu menino. Sozinho sem pai nem nada. Sem ter modelo de homem para aprender a reinar.

Constança então disse sim.

Não que fosse por amor. Muito menos por paixão. Dizia sim pelo filho. A vida tem que seguir.

O rei foi comunicado.

O duque ria sozinho.

Os clarins anunciaram as novas bodas do reino.

Data certa foi marcada. Uma festa. Convidados.

Mas Constança não queria. Apenas só aceitava. A criança perguntava. Queria saber do pai. O duque se regalava.

– Meu filho! Serei teu pai!

Mas o mar inventa histórias.

Longe dali, numa ilha, um homem magro e imundo olhava o fundo da noite.

Seu nome? João de Calais.

Não tinha perdido a vida, mas não podia encontrá-la. Ficara só, com seu corpo.

Lembrava então e pensava.

Julgara que já morrera. Sentira a luz apagando. O ar fugir, sufocando.

Mas foi só, não foi a morte.

Acordou naquela ilha. Ferido, sujo, perdido.

Passava ali os seus dias de olhos presos no mar, à procura da esperança na forma de algum navio.

Lembrava sua Constança. Seu pai, seu filho. O tal duque.

Sonhava sonhos cruéis.

O duque cheio de sangue, cortado por sua espada.

O duque enterrado vivo, devorado por formigas.

O duque despedaçado, amarrado em dois cavalos.

Sonhava sonhos de amor.

Constança rindo e cantando com o filho na varanda.

Constança doce e morena brincando na sua cama.

Dois corpos entrelaçados. Calor, carícias, paixão.

Mas sonhos não alimentam quando as mãos não podem nada.

Um dia, já era tarde. João olhou a praia. O céu estava vermelho. Longe, alguém se aproximava.

Um vulto. Devagar. Passos retos sobre a areia. João ficou assustado.

O vulto não era homem. Nem vivo era. Seu rosto metade carne, metade osso. Sem pele nos lábios defuntos, a boca parecia eternamente sorrindo. O peito de osso não mexia. Das mangas do paletó brotavam mãos de cadáver.

João pressentiu o fim, mas o vulto vinha em paz.

Disse que se acalmasse. Tinham muito que falar.

Sentaram-se em duas pedras.

João numa. Noutra o outro.

O descarnado era o tal que João – há quanto tempo? – dera ordem de enterrar.

Começou uma conversa. O morto contou sua vida. Segredos desta era e do além. Falou da dor e do medo. Da paz e da luz. Adivinhou o futuro. Contou de lugares e povos que nunca ninguém sonhou.

Sabia das coisas.

Narrou a história de João. Detalhes. Disse notícias de Constança, do filho, contou do duque, do casamento...

João deu um pulo.

– O quê?!

O moço andou e gesticulou. Aquilo nunca!

Gritou. Chorou. Gemeu.

– Há um jeito – disse o defunto.

O sol tinha apagado. O vento soprava lento. A noite escura engolia tudo.

João examinou o descarnado. Aquele sorriso. O peito parado.

– Que jeito?

– Eu levo você.

Toda a vida cruzou a cabeça do moço.

Medos e coragens. Riscos. Lutas. Ódios. Amores. Noites de dor e de prazer.

João pertou os olhos.

Fixou a figura sentada à sua frente. Quem seria? Morto? Vivo? Alma penada? Sonho? Fantasma? Estaria louco? Sim. Era loucura. Ou então a morte que viera buscá-lo.

A figura esperava imóvel. As carnes rasgadas balançavam com o vento.

– E então?

João lembrou Constança. O filho. Fez que sim com a cabeça.

O cadáver ficou em pé.

– Agarra minhas costas.

Duas figuras explodiram no céu. Uma, metade carne, metade osso. Outra, um homem. Uma, espécie de morte viva. Outra, a vida.

Rasgaram nuvens fosforescentes. Mergulharam no mais escuro dos breus. Ventos velozes, ora gelados, ora ferventes, espatifavam-se no rosto do moço. Um arco-íris brilhou em plena noite. Estrelas caíam e espocavam. Uivos e gemidos subiam das trevas. Gotas de prata desciam suaves sobre os dois corpos.

João apertou os dentes.

Do alto, agarrado no descarnado, enxergava o mundo.

A cerimônia do casamento começando.

No templo iluminado, pessoas de todo canto ouviam, em silêncio, palavras do sacerdote.

O rei. O duque em traje de gala. Constança.
Duas figuras paridas da noite pararam na porta do templo.
Um homem e um vulto.
O homem põe os braços no ombro do outro.
Os dois se abraçam.
Um raio rabisca o espaço.
O vulto some.
O homem respira fundo. Atravessa a porta. Seu corpo magro e imundo caminha devagar. Os olhos claros e duros. As roupas rasgadas. A cerimônia para.
Murmúrios. O rei se levanta. Constança sorri.
Uma voz de criança grita:
— Pai!
Dois homens frente a frente diante do altar. Um dedo acusa um rosto. Olhos furam olhos. Silêncio. Uma faca brilha e corta num golpe seco. Um corpo treme. Do traje de gala escorre vermelho o líquido escuro e quente.

Maria Manhosa

Aquele vendedor ambulante tinha três filhas muito bonitas. Na verdade, eram as moças mais bonitas da cidade inteira. A filha mais velha era alta e loira. A do meio, alta e ruiva. A caçula era mais baixa e morena. Esta, como era muito inteligente, ganhou o apelido de Maria Manhosa.

Maria Manhosa era esperta que nem só ela.

Acontece que o vendedor ambulante vivia preocupado. Costumava viajar e, como era viúvo, era obrigado a deixar as filhas em casa sozinhas.

"Minhas meninas são muito ingênuas", pensava ele, coçando a barba grisalha.

O pai temia que suas filhas caíssem na lábia de algum homem que se aproximasse apenas para se aproveitar delas.

Um dia, chamou as três moças. Disse que necessitava fazer uma longa viagem.

– Tomem muito cuidado para não serem enganadas – aconselhou ele.

E deu para cada moça um vaso de flor.

– Cada uma de vocês vai ser responsável por um vaso – explicou ele. – Quando eu voltar, quero ver essas flores bem coloridas e viçosas.

O pai explicou que, se voltasse e encontrasse alguma flor murcha, isso significaria que a filha responsável por aquele vaso tinha feito alguma coisa errada.

Disse isso, despediu-se, beijou as filhas e partiu.

A vida é uma árvore cheia de galhos, flores e frutos surpreendentes.

Naquela cidade morava um rei e o rei tinha um filho.

O príncipe, faz tempo, andava de olho nas filhas do vendedor ambulante.

O moço era famoso na cidade. Era considerado bom de bico. Costumava prometer mundos e fundos, falava de amor, namorava, mas depois abandonava as moças da cidade.

Assim que soube da viagem do vendedor, o príncipe deu um murro na mesa:

– É hoje!

Tomou banho, passou perfume, vestiu roupa bonita, pegou o cavalo e foi até a casa das moças.

Encontrou a mais velha sentada na varanda costurando.

O rapaz desceu do cavalo e foi direto:

– Desculpe, moça, estava passando e preciso dizer: gostei muito do seu jeito. Sabia que você é linda? A moça mais bonita que eu já vi na vida até hoje?

A loirinha ficou sem jeito.

– Obrigada, seu moço.

– Eu sou príncipe, sou rico, já viajei por muitos lugares – disse ele. E completou com o peito estufado: – Conheci muitas mulheres, mas tão linda assim que nem você por aí não tem não.

A moça gostou. Ficou toda vaidosa. Um príncipe. Um moço elegante, de sangue azul, fazendo aqueles elogios!

E conversa vai, conversa vem, o príncipe convidou a filha do vendedor ambulante para conhecer seu castelo.

– Tem um pomar lá cheinho de fruta gostosa. Vamos?

A filha do vendedor ambulante nunca tinha entrado num palácio antes. Adorou a ideia e foi.

No castelo o moço serviu vinho, conversou, elogiou, deu mais vinho, chegou perto e já foi beijando.

Quando a moça foi ver, estava na cama com o príncipe. Voltou grávida para casa.

Ao saber do problema da irmã, Maria Manhosa ficou revoltada:

– Príncipe safado!

Enquanto isso, a flor no vaso da filha loira do vendedor ambulante murchou.

Mas o príncipe queria mais.

Tomou banho, passou perfume, vestiu roupa bonita, pegou o cavalo e voltou para a casa das moças.

Encontrou a irmã do meio sentada na varanda costurando.

O rapaz desceu do cavalo e foi direto:

– Desculpe, moça, mas preciso dizer. Eu pensei que gostava da sua irmã, mas me enganei. É de você que eu gosto. Sabia que você é linda? A moça mais bonita que eu já vi na vida até hoje?

A ruivinha ficou desconfiada.

– Obrigada, seu moço.

– Eu sou príncipe, sou rico, já viajei por muitos lugares – disse ele. E completou com o peito estufado: – Conheci muitas mulheres, mas tão linda assim que nem você por aí não tem não.

O moço falava bonito. A moça gostou. Ficou toda vaidosa. Um príncipe. Um moço elegante, de sangue azul, fazendo aqueles elogios!

E conversa vai, conversa vem, o príncipe convidou a filha do vendedor ambulante para conhecer seu castelo.

Tem um pomar lá cheinho de fruta gostosa. Vamos?

A filha do vendedor nunca tinha entrado num palácio antes. Adorou a ideia e foi.

No castelo o moço serviu vinho, conversou, elogiou, deu mais vinho, chegou perto e já foi beijando.

Quando a moça foi ver, estava na cama com o príncipe. Também voltou grávida para casa.

Ao saber do problema da irmã, Maria Manhosa ficou furiosa:

– Príncipe danado!

Enquanto isso, a flor no vaso da filha ruiva do vendedor ambulante murchou.

Mas o príncipe já tinha visto a moça morena.

Tempos depois, tomou banho, passou perfume, vestiu roupa bonita, pegou o cavalo e voltou à casa do vendedor ambulante.

Dessa vez era Maria Manhosa costurando na varanda.

O rapaz já chegou com um buquê de flores na mão:

– Sim, reconheço que errei – disse ele com cara arrependida. – Desculpe, moça, mas preciso abrir meu coração. Pensei que gostava das suas irmãs, mas me enganei. É de você que eu gosto. É você que eu amo. Você é a mais linda das três. Sabia que você é a coisa mais bonita que eu já vi na vida até hoje? Você parece uma joia preciosa, doce e macia!

Maria Manhosa examinou o moço.

– Obrigada – disse ela.

– Você deve achar que eu sou mentiroso, mas não é nada disso – continuou o príncipe. – É que eu me enganei. Sei que errei. É difícil entender o que a gente sente de verdade, mas agora eu sei! Você acredita em paixão à primeira vista? Eu sou príncipe, sou rico, já viajei por muitos lugares, conheci muitas moças, mas tão linda assim que nem você por aí não tem não. Eu juro: você é a mulher da minha vida.

Maria Manhosa fingiu que ficou toda vaidosa.

Conversa vai, conversa vem, o príncipe convidou a filha do vendedor ambulante para conhecer o castelo.

– Tem um pomar lá cheinho de fruta gostosa. Vamos?

– Adoro frutas! – respondeu ela.

Sorriu como se estivesse feliz com a ideia.

Pediu um instantinho para se arrumar, vestiu uma roupa bem bonita, pegou um cesto, encheu de fita e foi.

No castelo o príncipe serviu vinho, conversou, deu mais vinho, elogiou. Quando o moço estava distraído, Maria Manhosa jogou o vinho fora.

O príncipe chegou mais perto. Quando foi dar um beijo, a moça perguntou:

– Seu jardim é grande mesmo?

O rapaz fez cara de poderoso:

– É o maior de todos!

E ela:

– É nada!

O príncipe não gostou.

– Tá duvidando, é? Vamos medir?

– Vamos, ué – respondeu ela. E continuou: – Trouxe uma fita comprida. Pegue na ponta e vá puxando. Quando chegar no fim do jardim, você grita.

O príncipe saiu andando e, como o jardim era grande, demorou muito.

A moça aproveitou, deixou um recado dizendo que tinha ficado tarde, pegou seu cavalo e voltou para casa.

Deixou o príncipe gritando feito bobo na outra ponta do jardim.

No dia seguinte, o filho do rei apareceu na casa do vendedor ambulante com cara zangada.

– Você sumiu!

– Você foi lerdo demais. Tinha serviço em casa pra fazer – disse ela. – Não deu pra esperar.

O príncipe queria aquela moça de qualquer jeito. Tentou de novo.

– O meu jardim é muito grande. Você não viu nem metade. Vamos lá de novo? Tem cada fruta gostosa lá que você nem conhece! Você não disse que gostava de frutas?

– Adoro frutas! – respondeu ela.

Pediu um instantinho para se arrumar, vestiu uma roupa bem bonita, pegou um cesto, colocou uma lata cheia de esterco e piche e foi.

No castelo o príncipe, de novo, serviu vinho, conversou, deu mais vinho, elogiou. Quando o moço estava distraído, Maria Manhosa jogou o vinho fora.

O príncipe chegou mais perto. Quando foi dar um beijo, a moça sugeriu:

– Vamos tomar outro cálice de vinho?

O príncipe gostou da ideia e serviu. Quando o moço estava distraído, Maria Manhosa jogou o vinho fora.

Fez isso sete vezes. No fim, o príncipe ficou bêbado, e aí a filha do vendedor perguntou:

– Ué, você está doente?

– Eu? – respondeu o moço, tonto, mas surpreso.

– Está com a cara cansada. Abatido. Com olheiras.

O rapaz ficou preocupado.

– Será?

Maria Manhosa deu uma ideia. Pediu a ele que deitasse a cabeça no seu colo para descansar um pouco.

– Vou fazer cafuné pra você recuperar as forças.

O rapaz achou ótimo. A filha do ambulante sabia fazer cafuné. Num instante, o filho do rei pegou no sono.

Então, ela encheu a cabeça dele de esterco e piche, saiu com jeito, pegou seu cavalo e voltou para casa.

O príncipe ficou lá dormindo feito bobo com a cabeça toda suja e melada.

– Eu me vingo daquela desgraçada – gritou ele quando acordou e colocou as mãos na cabeça.

Tempos depois, nasceram os filhos da filha loira e da filha ruiva do vendedor ambulante.

No castelo, o príncipe sofria. Sentia raiva, sentia humilhação, queria se vingar e, ao mesmo tempo, estava perdidamente apaixonado por Maria Manhosa. Pensava nela o dia inteiro. Sonhava com ela a noite inteira. E o filho do rei foi ficando inquieto, fraco, sem ânimo, perdeu o apetite e logo caiu de cama doente.

O rei e a rainha andavam preocupados com o estado de saúde do príncipe herdeiro.

Pelo seu lado, Maria Manhosa já estava pensando na volta do pai.

– Ele vai ficar furioso! Ele vai ficar muito triste!

Um dia, teve uma ideia.

Pegou as duas crianças, colocou numa linda caixa cheia de flores, disfarçou-se e foi até o castelo.

Mandou dizer que era uma camponesa. Trazia um presente para o príncipe enfermo.

Quando a rainha abriu a caixa e viu as duas crianças risonhas no meio das flores, não teve dúvida. Chamou o rei e disse:

– Deixaram aí na porta! São nossos netos!

E mostrou as crianças para o rei.

– Olha bem o nariz. Olha o tipo de cabelo. Olha o formato do rosto – disse ela. – São a cara escarrada do nosso filho!

– Se são nossos netos, vamos cuidar deles – decretou o rei.

E assim foi.

Quando o vendedor ambulante voltou e pediu para ver os vasos de flores, Maria Manhosa criou coragem, chamou as irmãs e, na frente do pai, disse que era melhor falar a verdade.

Abriu o jogo com franqueza e coragem. Explicou que suas irmãs tinham sido enganadas pelo príncipe.

– Ele é um safado, pai! – disseram as duas filhas chorando.

O vendedor ambulante custou, mas acabou aceitando os argumentos das filhas.

O príncipe era jovem e acabou recuperando sua saúde.

Mas seu peito continuava escuro e machucado. Vivia cheio de raiva. Na cabeça martelava uma ideia fixa: vingar-se de Maria Manhosa.

Um dia, gritou:

– É agora ou nunca!

Tomou banho, passou perfume, vestiu roupa bonita, pegou o cavalo e foi até a casa do vendedor ambulante. Encontrou a família sentada na varanda.

O príncipe saltou do cavalo, chamou o dono da casa e disse:

– Vim aqui pedir a mão de sua filha em casamento!

– Qual delas? – perguntou o vendedor ambulante.

– Maria Manhosa!

E o filho do rei falou pelos cotovelos. Disse que era louco por ela. Que não tirava a moça da cabeça nem de dia, nem de noite. Verdade era. Só que aquela ideia fixa não era amor. Era orgulho, vaidade, ódio, rancor e sede de vingança.

O pai das moças estava zangado. Reclamou. Disse que o príncipe tinha se aproveitado de suas duas outras filhas.

O príncipe baixou a cabeça. Reconheceu seu erro. Mentiu de novo. Jurou de pé junto. Explicou que tinha se enganado. Pensava que era amor, mas não era.

– Errar é humano! – disse ele. E completou: – O coração tem razões que a própria razão desconhece!

No fim, o vendedor ambulante ficou confuso. Olhou para Maria Manhosa e perguntou:

– Você aceita o casamento, filha?

– Aceito – disse ela, risonha. – Mas, como prova do amor do príncipe, quero ganhar como presente de noiva, antes de casar, um baú cheio de joias e de dinheiro.

O príncipe aceitou na hora. Em seu coração morava um casal de hóspedes: o rancor e a vingança.

Com o dinheiro, Maria Manhosa mandou fazer duas coisas. Um lindo vestido de casamento e uma boneca de cera idêntica a ela.

– Mas tem quer ser igualzinha, nos detalhes mais mínimos – explicou ela ao artista. – Pago o que for preciso, mas exijo um trabalho perfeito.

A festa de casamento foi muito bonita.

Logo depois, Maria Manhosa chamou o marido num canto.

– Quero ir para o quarto antes de você para poder me arrumar – disse ela. – Espere um pouquinho e depois vá.

– Combinado – disse ele, sorridente.

No fundo, era apaixonado pela filha do vendedor ambulante. Sentia uma mistura estranha de amor, raiva, atração, humilhação, paixão, orgulho e ódio.

"Ela me fez de bobo", pensava ele. "Ela me fez de palhaço! Durmo com ela e depois mato!"

Quando mais tarde o príncipe entrou no quarto, encontrou Maria Manhosa dormindo.

Não era a filha do vendedor ambulante. Era uma boneca de cera, vestida de noiva, igualzinha a ela.

Dentro da boneca, no lugar do coração, Maria Manhosa tinha colocado um testículo de boi cheio de sangue, perfume de flores e muito mel.

Ao ver a moça deitada dormindo, o príncipe puxou um punhal.

Chegou na beira da cama e disse baixinho:

– Vou te matar porque você me enganou. Vou acabar com você porque me fez fazer papel de bobo no jardim. Vou te matar porque me fez de palhaço enchendo minha cabeça de bosta e piche!

Escondida debaixo da cama, Maria Manhosa ouvia tudo.

– Agora chegou seu fim!

E meteu a faca na boneca de cera várias vezes.

O sangue vermelho saltou do peito da moça, manchando o vestido branco.

O príncipe ficou espantado.

Um perfume de flores e mel tomou conta do quarto.

O rapaz pegou um pouco do sangue e cheirou. Colocou na boca.

– O sangue de Maria Manhosa é perfumoso e tem gosto de mel!

Foi quando o amor inconfessado que ele sentia pela moça explodiu dentro do peito. Um arrependimento profundo tomou conta do príncipe.

– Meu Deus! O que foi que eu fiz? Matei o meu amor! Destruí a vida da única pessoa que admirei e amei em toda a minha vida!

O filho do rei caiu de joelhos chorando desesperado.

Mas Maria Manhosa saiu de baixo da cama.

Com o dedo em riste, a filha do vendedor ambulante acusou o príncipe. Chorou. Gritou. Berrou. Xingou de assassino safado. Chamou o pai e as duas irmãs. Mandou chamar o rei e a rainha. Diante deles, exigiu que o príncipe ficasse de joelhos e pedisse perdão. Que desse sua palavra de honra. Que confessasse seus erros. Que assumisse sua culpa e jurasse arrependimento.

O príncipe prometeu tudo, chorou e jurou. Pediu desculpas às filhas do vendedor ambulante. Disse que estava arrependido. Que agora falava a verdade: tinha descoberto que a mulher de sua vida era Maria Manhosa.

O tempo passou.

Dizem que o príncipe virou rei e que ele e sua esposa foram muito felizes. Como não tiveram filhos, escolheram seus dois sobrinhos para serem seus legítimos herdeiros.

A mulher do negociante

Era um jovem e poderoso negociante. O homem tinha lojas de comércio e muitos navios. Tinha também fazendas, usinas e indústrias. Seu tesouro mais precioso, porém, era mesmo sua querida mulher.

O negociante adorava aquela moça. Para ele era Deus no céu e a esposa na terra. Dizia que ela era a sorte grande de sua vida. Achava que ela era a flor mais bonita do seu rico jardim.

O primo do negociante morria de inveja. Volta e meia dizia:

— Ela não é tudo isso que você pensa não senhor!

O outro dava risada.

— Você não sabe o que está falando. Ela é boa. Ela é linda. Ela é inteligente. Minha mulher é tudo pra mim!

Um dia, o negociante precisou fazer uma viagem de negócios.

Bastou que ele virasse as costas para seu primo começar a dar em cima de sua mulher.

— Você hoje está linda. Vem cá que eu te dou um beijinho.

— Está ficando louco? – perguntava a esposa do negociante. – Sou mulher do seu primo. Sou sua prima. Sou como se fosse sua irmã!

— Que irmã que nada! – dizia o primo do negociante rindo. – Vamos lá em casa que eu quero te mostrar uma coisa!

O primo do negociante tentou de tudo. Trouxe flores. Fez promessas. Deu presentes caros.

— Eu amo meu marido – dizia ela. – Me deixa em paz! Vê se me esquece!

Sem conseguir nada, o coração do primo foi ficando escuro de ódio.

– Por que pra ele sim e pra mim não?

Sentindo-se ofendido e rejeitado, o rapaz acabou bolando um plano. Um terrível plano.

Certo dia, chamou a criada num canto e pediu:

– Vá ao quarto da mulher do meu primo quando ela estiver saindo do banho. Quero que veja o corpo dela nu.

O primo do negociante deu um bom dinheiro à empregada. Em troca, pediu a ela que prestasse atenção e observasse qualquer marca, cicatriz, mancha de nascimento ou pinta que a moça tivesse no corpo.

– Vá, olhe bem e depois venha me contar!

A criada fez o serviço que o moço pediu. Na volta contou que a moça tinha uma cicatriz perto do ventre e uma manchinha pequena no seio direito.

Era tudo o que o primo do negociante precisava.

No dia seguinte, pegou um navio e partiu à procura do primo viajante.

Chegou com cara de fingida preocupação.

Disse que não aguentava mais. Que precisava contar a verdade. Acusou a esposa do primo de ser uma sem-vergonha.

– Ela não presta!

Mentiu. Contou que bastou o primo viajar para ela ficar tentando seduzi-lo.

– Foi difícil resistir – disse ele. – Só não aceitei os convites daquela danada porque você é meu primo, é feito um irmão e eu amo você!

O marido da moça não queria acreditar.

– É mentira! Não é possível! Aquela mulher me ama!

O outro caiu na gargalhada. Inventou. Disse que, uma noite, ele estava na sala lendo. A moça veio visitá-lo e disse que queria se deitar com ele.

– Eu, claro, recusei! Jamais aceitaria os convites dela! – garantiu o mentiroso, e continuou: – Sabe então o que a cachorra fez?

E o primo do negociante contou que, na tentativa de seduzi-lo, a mulher despiu-se no meio da sala. Para provar, disse mais. Que a sem-vergonha tinha uma cicatriz perto do ventre e uma manchinha pequena no seio direito.

O negociante ficou pálido. Baixou a cabeça escondendo as lágrimas que saltaram desgovernadas pelo rosto.

No mesmo dia, pegou um navio e voltou para casa. Lá chegando, chamou a mulher e, seco, mandou que ela arrumasse a mala.

– Mala? Pra quê? – perguntou ela, risonha e cheia de saudade.

O rosto do marido era uma pedra de granito.

Mesmo estranhando, a moça achou melhor obedecer. Os dois embarcaram. No meio da noite escura, o navio atingiu o alto-mar.

O negociante colocou a esposa com sua bagagem num barco salva-vidas e atirou-a nas águas turbulentas.

– Desgraçada! Cachorra! Vagabunda! Você me traiu! Tentou seduzir meu primo. Você não presta! Tomara que morra afogada! – gritou ele, chorando.

A moça não teve chance nem tempo para dizer nada.

Ficou paralisada no barquinho enquanto o navio do marido se afastava.

Dentro dela, um turbilhão de sentimentos rodava desgovernado. Raiva do primo por ter inventado aquela história de vingança. Desespero. Dor e tristeza por seu marido ter acreditado na conversa mentirosa do primo.

Sem saída, a esposa do negociante deitou-se no barco e rezou. Pediu a Deus que uma onda gigante viesse, espatifasse o barco e a levasse deste mundo para sempre.

O bote ficou à deriva boiando no mar por três dias e três noites.

No quarto dia, em vez de onda gigante, apareceu um barco de pescadores.

– Nossa! Olha uma moça desmaiada lá!

Os pescadores recolheram a mulher do negociante e deram a ela água e comida.

Assim que recuperou as forças, a moça disse:

– Eu quero morrer!

– Que é isso, dona?! – exclamou um dos pescadores. – Você é jovem! Tem uma vida inteirinha pela frente. Que ideia louca é essa?

Como não podiam cuidar da moça, os pescadores decidiram levá-la ao palácio do rei.

Por sorte, o rei daquele país tinha um filho pequeno. Estava mesmo procurando uma pessoa que tomasse conta da criança.

E, assim, a mulher do negociante desistiu de morrer e passou a trabalhar como babá no castelo real.

O filho do rei adorou a nova criada e não largava a moça para nada. Brincava com ela. Passeava com ela. Cantava com ela. E logo pediu para ir dormir na cama dela.

O rei e a rainha ficaram contentes com aquela criada tão educada que tratava seu filho tão bem.

Mas alegria é doce que evapora.

O rei tinha um irmão, e este, assim que botou os olhos na nova criada, desejou-a.

Logo que pôde, começou a tentar seduzi-la.

– Moça, você é bonita! Moça, vem cá no meu quarto. Moça, me dá um beijinho.

O irmão do rei passava o dia inteiro perseguindo a criada, chamando, convidando, pedindo, seduzindo.

A mulher do negociante só dizia não, não e não.

Um dia, estava deitada na cama ninando criança. O irmão do rei entrou no quarto gritando:

– Chega de conversa mole. Quero você pra mim agora!

A moça empurrou o irmão do rei, que caiu no chão.

– Ah, é? – gritou ele.

Puxando a faca, tentou ferir a moça, mas errou o golpe e matou a criança.

Assustado, o moço fugiu e foi correndo contar para o rei que a moça tinha matado seu filho.

– Eu vi! – berrava ele pelos corredores do palácio. – Louca! Assassina! Matou o coitadinho inocente com uma faca!

Foi um dia de desespero, escuridão, mentira e desgraça.

A rainha andava feito louca com o filho morto nos braços.

O rei mandou prender a babá e trazê-la até sua presença.

– Não fui eu quem matou seu filho. Foi seu irmão!

A boca do rei espumava de ódio.

– Doida! Desgraçada! Mentirosa! A troco de que meu irmão iria matar meu filho?

Em seguida ordenou:

– Tirem essa maldita da minha frente! Joguem a assassina de volta no mar! Que Deus amaldiçoe o dia em que ela colocou os pés neste castelo. Que ela seja comida viva pelos tubarões, braço por braço, perna por perna!

E, assim, a pobre mulher do negociante foi novamente levada até o alto-mar e atirada nos braços das ondas selvagens.

A moça não tinha o que fazer. Soltou o corpo e ficou boiando. Torceu para que a água tomasse seus pulmões. Desejou morrer afogada. Rezou para que os tubarões viessem e pusessem um fim em sua vida.

Ficou boiando no mar três dias e três noites. No fim desmaiou.

Acordou numa praia deserta.

Quando ficou de pé, deu de cara com um leão.

A pobre moça agradeceu a Deus.

– Agora é o fim – disse ela, preparando-se para ser devorada pela fera.

Mas não. Cuidadoso, o leão carregou-a para uma gruta. Trouxe água. Trouxe comida. Lambeu seus ferimentos. Em seguida, levou a moça para tomar banho numa cachoeira e ainda arranjou palha e preparou um lugar confortável na gruta para que ela pudesse dormir.

Depois, o felino deitou-se na porta da gruta e ficou lá tomando conta.

Naquela noite, a mulher do negociante dormiu, teve um sonho e no sonho escutou uma voz misteriosa.

– Amanhã cedo você faça o seguinte – aconselhou a voz. – Vá até uma árvore grande perto da gruta. Lá você vai achar uma mala com dinheiro, roupas, um saco fechado e uma tesoura. As roupas são de homem. Você corte seu cabelo e vista aquela roupa. Preste bem atenção: no saco tem um remédio mágico.

Segundo a voz, perto da gruta havia um barco ancorado. A moça deveria ir de barco para a cidade vestida de homem, alugar uma casa e espalhar que era um médico famoso.

– O remédio mágico cura qualquer doença – explicou a voz dentro do sonho. E completou: – Mas tem um porém: o remédio só cura se o doente aceitar fazer uma confissão pública de seus erros, pecados e crimes. Se não confessar – explicou a voz –, o remédio não faz efeito.

A voz misteriosa terminou dizendo assim:

– Vá em frente. Tenha coragem. Você já sofreu muito. Agora sua vez está chegando.

A mulher do negociante acordou no dia seguinte cheia de esperança. Fez tudinho o que a voz do sonho tinha mandado.

Antes de partir, chamou o leão, pegou, segurou, abraçou, chorou e beijou.

Naquele mesmo dia, vestida de homem, chegou à cidade, alugou uma casa e mandou colocar uma placa: "Médico – Atendo casos graves".

Logo apareceu uma senhora trazendo o marido muito doente. O falso médico examinou, deu o remédio e aconselhou o velho a abrir o peito e confessar seus erros na vida.

– É o único jeito – explicou ele. – Senão o remédio não faz nenhum efeito.

O homem já estava com o pé na cova. Contou seus piores erros. Chorou. Pediu perdão. Num instante, as cores voltaram ao seu rosto cansado. Um sopro de vida nova tomou conta daquele corpo desenganado. O velho tinha entrado de maca na casa do médico. Saiu risonho, andando lépido, cheio de saúde.

O caso se espalhou de boca em boca. Em pouco tempo, a fila de doentes na porta do consultório da mulher do negociante já dobrava o quarteirão.

E, assim, a moça transformou-se no médico mais famoso e importante do reino.

Certa noite, bateram em sua porta. Era um emissário real. Tratava-se de um caso muito urgente. O irmão do rei estava morre não morre.

A mulher do negociante vestiu o paletó, ajeitou o cabelo curto, pegou sua maleta e acompanhou o emissário.

No castelo, a situação era trágica. O rei e a rainha choravam ao lado de uma cama. Deitado, o irmão do rei morria lentamente.

– Não sei o que ele tem – explicou o rei ao médico. – Antes, meu irmão tinha saúde de ferro. De uns tempos para cá, foi ficando triste e pessimista, desanimou, parou de conversar, parou de comer. Ultimamente não tem força nem para sair do quarto!

O médico fez um exame completo no paciente e declarou:

– O caso é muito grave. Desse jeito, infelizmente, ele não passa de hoje. Mas há uma saída.

Puxou um saco da maleta. Explicou que tinha um remédio capaz de salvar o irmão do rei, mas havia uma condição. O remédio só funcionava se o doente aceitasse fazer uma confissão pública de seus erros, pecados e crimes.

– E não adianta mentir – completou o médico. – Com mentira, o remédio não tem efeito.

Pela primeira vez naquele dia, o irmão do rei abriu os olhos. Examinou o médico e balbuciou:

– Prefiro morrer a fazer uma confissão pública do terrível crime que cometi.

O rei tomou um susto.

– Crime? Do que você está falando?

O irmão do rei fechou os olhos.

O rei não se conformava.

– Mas como? Você vai morrer por não ter coragem de confessar um erro? Mas, irmão! Todo mundo comete erros na vida!

– Não como o meu – gemeu o moribundo.

– Eu exijo que você confesse seu crime – gritou o rei. – Você é meu irmão! Preciso de você vivo e forte ao meu lado!

– Mas você será capaz de me perdoar? – perguntou o doente chorando.

– Claro que sim! – garantiu o monarca.

Então, o irmão do rei confessou seu crime. Falou de uma certa babá e de seu desejo por ela. Falou na sua insistência e nas recusas da moça. Contou o dia em que entrou no quarto da babá e tentou agarrar a moça. Soluçou. Disse que, rejeitado e louco de ódio, puxou a faca e acabou, sem querer, matando o sobrinho.

– Você matou meu filho?

– Me perdoa – implorou o doente, saltando da cama.

Só por ter confessado, as cores já tinham voltado ao rosto do irmão do rei.

– Você matou meu filho?

– Me perdoa!

– Você me fez matar a pobre babá que não tinha culpa de nada?

– Me perdoa – repetia o outro, ajoelhado no chão. – Por culpa minha, pelo meu egoísmo, pela minha loucura, duas pessoas inocentes perderam a vida!

O médico achou melhor ir andando.

– Bem. Minha parte eu já fiz – disse ele na saída. – O resto agora é com vocês.

Deixou os dois irmãos acertando suas contas no meio da noite escura.

O tempo passou.

A fama de médico da mulher do negociante correu mundo.

Um dia, recebeu outro chamado urgente. Era questão de vida ou morte. O primo de um rico negociante precisava de ajuda. Seu estado, segundo o emissário, era desesperador.

A moça vestida de homem mordeu os lábios. Vestiu o paletó, pegou sua maleta e foi.

Foi com o coração em frangalhos. Foi com os pensamentos doendo de tanto girar em sua cabeça.

O falso médico desceu do cavalo em frente da casa onde tinha vivido.

Subiu as escadas que tantas vezes tinha subido.

Entrou na sala que ele mesmo tinha decorado.

Foi recebido pelo dono da casa, o homem que um dia tinha sido seu.

O negociante não reconheceu a mulher.

Estava muito preocupado.

Contou que seu primo estava morrendo.

– Ele pra mim é mais do que um irmão!

Contou que o rapaz sempre tinha tido boa saúde. De uma hora para outra deu de ficar calado e pensativo. Perdeu o apetite. Perdeu a alegria. Perdeu a vontade de viver.

Foram até um quarto no fim do corredor.

O médico examinou o doente minuciosamente. Depois, balançou a cabeça.

– Infelizmente, o caso é mesmo muito grave – disse ele.

– Desse jeito ele não passa de hoje. Mas há uma saída.

O médico falou no remédio capaz de salvar vidas, mas explicou: a substância só funcionava se o doente aceitasse fazer uma confissão pública de seus erros, pecados e crimes.

– E não adianta mentir – completou o médico. – Com mentira, o remédio não faz efeito.

Pela primeira vez naquele dia, o primo do negociante abriu os olhos. Examinou o médico e balbuciou:

– Prefiro morrer a fazer uma confissão pública do meu crime.

O negociante tomou um susto.

– Crime? Do que você está falando?

O doente fechou os olhos.

O negociante insistiu:

– Que história é essa? Você vai morrer por não ter coragem de confessar um erro? Todo mundo comete erros na vida!

– Mas não como o meu – gemeu o moribundo.

– Confesse o crime – gritou o negociante. – Você é meu primo querido! Pra mim você é mais do que um irmão!

– Você nunca será capaz de me perdoar – sussurou o doente.

O médico olhou nos olhos do primo do negociante.

– Mas, o que é isso! Juro que perdoo, seja lá que crime for – garantiu o negociante.

Então, soluçando, o primo disse a verdade. Confessou que não conseguia mais viver. Que preferia morrer a ter aquele peso no coração. Era vergonha. Era angústia. Era culpa. Culpa de ter tentado seduzir a mulher do seu primo.

Os olhos do negociante cresceram dentro do rosto.

– Culpa por ter mentido e inventado uma história sórdida sobre uma pobre e linda inocente – completou o primo, soluçando.

– Você fez isso! – gritou o negociante, desesperado. – Você me fez matar minha mulher?

E agarrou o doente pelo colarinho:

– E aquelas marcas no corpo dela? Como você sabia?

– Me perdoa – gritou o doente, já sentado na beira da cama. Mal confessou seu crime e sua saúde estava de volta.

– Eu dei dinheiro à criada – contou ele, chorando. – Pedi a ela que entrasse no quarto de sua mulher na hora do banho, que espiasse e me contasse como ela era. Me perdoa – implorava ajoelhado no chão. – Que vergonha!

O negociante parecia atordoado. Começou a andar sem rumo pelo quarto. Baixou a cabeça. De repente, puxou um punhal.

– Não mereço mais viver! Matei minha querida! Matei meu tesouro! Matei a luz da minha vida!

E colocou a ponta da faca no peito.

Foi quando o médico gritou:

– Não faça isso. Espere só um instante!

O médico desapareceu e voltou vestido de mulher.

O espanto brilhou naquela noite.

A mulher do negociante então chorou. Acusou o primo do marido. Disse que ele merecia ser preso e enforcado. Mandou desaparecer para sempre de sua frente e de sua casa.

A esposa também gritou com o esposo.

– Você não confiou em mim! Era só me chamar e perguntar o que estava acontecendo!

Dizem que custou, mas a mulher do negociante acabou perdoando o marido. Os dois se amavam de verdade, voltaram a ser felizes, e dizem que ainda vivem juntos até os dias de hoje.

A vida e a outra vida de Roberto do Diabo

– Deus! Que silêncio! Escuta. Tira de mim esse mal que mancha minha vontade. Mata a sina que tolhe meu braço e apaga a luz do meu rosto. Fiz o mais pelo meu povo. Fui bom. Fui simples. Fui justo. Por que então não recebes agora minha prece?

Era o duque sentado num tronco perdido no fundo do mato.

Seus cavaleiros corriam pelos atalhos em busca de caça.

Ele não.

Preferia esperar.

Antes fora o primeiro e melhor caçador. Armara armadilhas. Imitara machos e fêmeas. Soubera de cor os jogos e manhas de esperar e pegar bicho. Agora...

Fim de tarde. Vento morno. Sombra. Pássaros cantando. No duque, tudo era nada. Voltaram os companheiros. Gargalhadas. Conversas. Cachorros latindo para animal morto.

O duque ria por fora.

Treze anos de casado. Amava sua mulher. Achava bonita. Gostava de seu corpo. Seu cheiro. Sua voz. Eram amigos. Mais. Quantas noites fizeram de carinho e paixão.

Entretanto, apesar do amor, das preces, desejos e promessas, Deus – por quê? – não quis dar aos dois a prenda maior, o símbolo, o sentido mesmo de suas vidas: um filho.

Voltava o duque da caça imaginando o futuro, seu povo, suas terras, o que fora dos antepassados, recebera do pai e fizera florescer, sem herdeiro nem dono, no rumo de mãos desconhecidas.

No castelo, longe dali, a duquesa, presa do mesmo mal, chorava e sofria deitada na cama. O peito estancava de repente. O corpo tremia todo. Dente mordia dente. Já não sabia se era louca ou se era sã. Nem se viva ou se morta. Gritava só, e sua voz zoava pelos corredores e pátios e torres do castelo silencioso.

O duque, chegando, soube do estado da mulher. Encobriu sua dor. Entrou alegre no quarto. Abriu janelas. Contou da viagem. Riu. Falou detalhes da caçada que não fizera. Pintou a paisagem que não viu. Chegou perto. Disse a ela que não pensasse. Esquecesse. Que era bonita. Pegou sua mão. Cuidadoso, despiu sua roupa. Examinou. Acariciou. Beijou seus seios. O corpo da duquesa, duro, foi cedendo. Chorou. Abraçou aquele homem. Os dois rolaram na cama. Queriam se perder um no outro. Cuidar um do outro.

– Quem sabe, mulher, hoje será diferente? Quem sabe, dessa vez, Deus nos permita alcançar nosso sonho tão sonhado?

– Nem que seja em nome do diabo!

A mulher agarrou o homem pelo ombro. Seus olhos brilhavam. – Vem! – O corpo crescia em movimentos de paixão. – Ao diabo ofereço agora minha carne, meu prazer, e que a ele pertença o fruto de nosso desejo!

Meses se passaram.

Veio um tempo mau. Sombras vermelhas surgiram no céu. Depois, estrondo e espanto. Tempestade lambendo. Atolando. Afogando.

Sinos dobravam sem parar anunciando perigo. Morte. Anunciavam esperança. Vida.

No castelo do duque, debaixo do vendaval, nascia, afinal, uma criança.

Homens e mulheres sorriam e cantavam, retirando gente e animais debaixo dos escombros.

Criança em tempo algum fora tão esperada por tantos.

Apesar do tempo destroçado, não houve coração em todo o ducado que não navegasse em alegria.

O duque, esse...

Chorava. Ria. Abraçava amigos. Brindava. Pegava o filho. Beijava. Dava graças a Deus. Saía com a criança dançando pelas escadarias do castelo.

O menino era grande. Foi chamado Roberto.

Em pouco tempo deixou ferido o peito da mãe.

Tinha fome. Amas de leite vieram. Nada.

Roberto preferia carne.

Com um ano falava correntemente.

Com dois, percorria sozinho os corredores do castelo.

Era inteligente. Astuto.

Devagar foi revelando sua maneira de ser.

Sabia dar ordens. Mandar e desmandar. Sabia também humilhar. Espezinhar.

Não brincava. Brigava.

Não cantava. Gritava.

Não sorria. Gozava.

E deu para maltratar os animais. Punha cachorro contra cachorro. Matou cavalo de tanto galope. Caçava pelo prazer de ferir. Fascinado, ficava olhando o bicho sangrar até o fim.

O duque se assustava com aquele filho querido.

A duquesa chorava.

O pai chamava de lado. Puxava assunto. Queria entender. Queria conversar.

O menino dava de ombros.

Batia em outros meninos. Jogava pedra. Desafiava menores e maiores.

As notícias corriam pelo ducado.

Fulano levou pancada. Beltrano perdeu a vista.

Pai nenhum queria filho perto de Roberto.

Ninguém.

Preocupado, o duque contratou professor. Um velho cavaleiro. Homem culto. Sábio. Experiente.

Através dele, Roberto conheceu a História, a Filosofia, a Matemática, a linguagem dos astros, as ciências do ar, da água, da terra e do fogo.

Aprendeu também a conversar, a falar outros idiomas, a cantar e dançar.

E o moço perguntava tudo. Indagava tudo. Tinha fome de saber. Ânsia.

Descobria no conhecimento outras formas de confundir e persuadir. De iludir e dominar.

E deu para falar grosso e desdenhar. Sabia agora o que poucos sabiam.

E prosseguia imutável naquela vida bandida.

Um dia, na estrada, enfrentou cinco rapazes. Feriu todos. Um, deixou aleijado. Outro, cego. Outro, entre a vida e a morte.

O velho cavaleiro chamou o pupilo. Ameaçou. Criticou. Os dois discutiram. A resposta veio: uma cusparada.

Ofendido, o mestre estapeou Roberto. Foi esfaqueado.

– Cavaleiros. Senhores da terra. Amigos. Quero falar sobre meu filho. Aquele que foi tão desejado, aquele a quem tudo tenho dado, tudo quero de bom e de bem e que, no entanto, não consigo compreender, escapa pelos meus dedos, deixando por onde anda um rastro de sangue.

Falava assim o duque aos maiores do ducado.

Descreveu seu desgosto. A dor que sentia. O inferno de não conseguir um lugar no coração do filho. Pedia um conselho. Cuidar como, daquele a quem amava acima de tudo?

Vieram opiniões. Surgiram casos. Cada senhor contou de si. Por fim, aconselharam armar Roberto cavaleiro. Que o filho do duque conhecesse as regras rígidas da cavalaria. Que aprendesse as leis do bom combate. As técnicas de guerra. O uso da força com disciplina. A arte de saber vencer sem deixar de respeitar o adversário.

O pai mandou chamar o filho.

Diante de tantos senhores, explicou a Ordem da Cavalaria. Contou história, vida de vários cavaleiros, façanhas. Falou do bem. Da justiça. Da honra.

O tempo passou.

Numa festa colorida, Roberto, entre outros jovens, foi armado cavaleiro.

Gentes de terras longe vieram à solenidade. Trombetas e elmos cintilavam no azul do céu. O duque, emocionado, acompanhava de perto os movimentos do filho.

Na praça principal, Roberto mais doze outros, em lustrosas armaduras, fariam demonstrações e embates simulados, para mostrar sua perícia nas artes de duelar.

O espetáculo era belo. As famílias aplaudiam seus filhos engalanados.

Chegou a vez de Roberto.

Cavalgando um corcel negro, avançou sobre o rival, derrubando-o brutalmente com a ponta de sua lança. Depois, sacando a espada, feriu de morte seu adversário.

O duque ficou em pé. O povo, revoltado. Famílias assustadas gritavam pelo palanque. Dedos acusavam. Condenavam. Pedras vieram.

Protegido pelo escudo, o jovem cavaleiro investiu contra o povo.

Houve luta. Houve morte. Houve vergonha.

Todos fugiram. Todos gritavam: – Monstro!

Roberto sobrou só, parado e sorrindo na praça cheia de medo e de sangue.

Desde então, passou a ser chamado Roberto do Diabo.

– Prendam meu filho! Capturem-no! Está louco! Está doente! Quero Roberto nas grades do calabouço! – gritava o duque pelos corredores do palácio de pedra.

Mas Roberto era invencível. Um animal batendo sua espada contra todos e contra tudo. Enfrentou soldados. Venceu patrulhas. Escapou. Perdeu-se no mundo.

Foragido, cercou-se de gente da pior espécie. Formou um bando. Surgiam das trevas feito demônios. Invadiam casas. Roubavam. Violavam. Chegavam queimando e matando. Enterravam vivos. Torturavam. Fugiam depois voando e gozando em seus cavalos.

– Loucos!

O duque recebia notícias sobre o bando do filho.

– Desgraçado!

O povo, temeroso, amaldiçoava.

O duque convocou vinte dos seus melhores soldados.

Era uma ordem. Que procurassem o filho, onde estivesse, levando mensagem sua.

Ordenava que voltasse. Obedecesse a seu pai. Tinha um nome a zelar. Um título. Que fosse homem. Que com coragem enfrentasse julgamento pelos crimes cometidos.

Os soldados encontraram Roberto acampado com seu bando na beira de um rio. Entregaram a mensagem.

Noite fria.

Roberto acendeu uma tocha. Reconheceu a letra do pai. Franziu o rosto. Uma gargalhada cortou a escuridão.

Agarrou os emissários. Prendeu. Feriu. Gritou e blasfemou contra o pai, contra a mãe e contra si mesmo.

Depois, ordenou que sumissem dali. Que voltassem ao duque. Que se danassem.

Madrugada suja.

Vinte homens, amarrados uns aos outros pelas mãos, foram encontrados pela estrada chorando o próprio sangue.

– Homens de minha terra! Meu povo! Diante de todos e de Deus, aqui estou para pedir perdão! Perdão por meu filho! Perdão por ter gerado e posto no mundo, na terra que é minha e que foi de meu pai e de meus antepassados, um criminoso.

O duque falava baixo. As lágrimas vincavam sua pele clara.

– A partir de hoje não é meu filho nem será um dia senhor das minhas terras nem de nada do que é meu. Mil vezes o ducado pertença a mãos estranhas! Mil vezes o futuro seja incerto! Ofereço recompensa. Quero Roberto. Peguem Roberto. Cacem meu filho! Nem que seja vivo. Nem que seja morto!

Acossado, o moço construiu uma fortaleza de pedra no alto de um morro. Passou a viver ali com seus homens, saqueando e infernizando sem que ninguém ousasse fazer coisa alguma.

Certa noite mandou selar um cavalo.

Saiu sozinho pelas estradas procurando a quem pudesse infligir sua força e seu ódio.

Lua cheia. Caminho rabiscado por sombras.

O cavaleiro topou com sete ermitões. Os religiosos seguiam viagem rezando e cantando. Foram mortos e tiveram suas cabeças cortadas e penduradas nos galhos de uma árvore.

Depois desse crime sem sentido, o filho do duque sentou-se para descansar. Ficou admirando as mãos sujas de sangue.

Na curva da estrada surgiu um andarilho.

Roberto ficou em pé. Os dois pararam um na frente do outro.

O andarilho viu o sangue. Viu a árvore com as cabeças espetadas. Examinou o moço. Pediu que ele o deixasse em paz. Contou que era só um viajante. Disse que tinha esperança. Gostava de viver. Achava que tinha muitos lugares e pessoas que ainda queria conhecer.

Falava com firmeza e humildade segurando o cajado.

Roberto simpatizou com o viajante. Sentou-se com ele. Revelou quem era. Fez perguntas. Queria notícias do pai e da mãe.

Soube que o duque estava numa viagem, longe.

Soube que sua mãe estava recolhida num castelo, perto.

O jovem não disse nada. Montou seu cavalo negro e partiu. Deixou o andarilho seguir caminho.

O dia amanhecia. Um cavaleiro sujo de sangue parou na porta do castelo.

– Quero falar com minha mãe!

Portões trancados. Cornetas tocando. Soldados enfileirados espiando pelas frestas.

A duquesa saiu do quarto. Chamou o chefe da guarda.

– Mandem meu filho entrar.

– Mãe! Aqui estou. Sabes o que tem sido minha vida. Tens notícias de meus passos. Tenho matado, mãe. Roubado. Incendiado. Sangrado homens por nada. Tenho me divertido, eu e meu bando, diante da dor e da desgraça. Quanto aleijado deixei pelo caminho! Quanta gente que antes via hoje está cega! Tornei doente quem tinha saúde. Minei por dentro quem antes era forte. Matei pais de família. Gozei vendo gente sofrer, implorando clemência, morrendo devagar. Desde que me lembro, essa foi minha sina. Torturar. Desonrar. Destruir. Meu pai? Ora! Meu pai quis ensinar o amor a quem tinha fel correndo nas veias. Veio falar do bem a um apaixonado do mal. Honra? Dignidade? Justiça? Dentro de mim tem um buraco, mãe! Não tenho alma! Tenho ódio! Ódio! Ódio de gente. Ódio de animais. Ódio de homens e mulheres. Essa força já me fez certa noite, com minha espada, atacar e destruir não sei quantas árvores. Já me fez montar um cavalo e, sem mais nem menos, com um machado, cortar sua cabeça. Mãe! Sou assim. Nasci assim. Essa tem sido minha vida dia depois de dia desde que me lembro. Agora estou aqui. Diante da mulher que junto de meu pai um dia me fez germinar em suas entranhas. Mãe! Quem sou eu? O que é isso? Que força é essa que me leva a destruir e dizimar tudo o que é vida em volta de mim?

– Filho! Filho... Em que estado tu te encontras! Que mão é essa suja de sangue? Vem cá! Quanta dor em seu rosto, no teu corpo, dentro dos olhos! Ah... que bom ver-te perto de mim! Essa voz. Teu jeito. Quanto tempo! Senta. Presta atenção. Escuta as palavras de tua mãe. Nós... eu e teu pai, não conseguíamos filho. Amor, havia. Vontade, quanta! Rezamos. Fizemos promessas. Chamei médicos. Tomei remédios. O tempo passava. O duque, teu pai, querendo herdeiro. Precisava. Quem cuidaria de suas terras no futuro? E o povo? Dentro de mim foi crescendo um sentimento ruim. De não ser mulher. De não merecer marido. Nem amor. Nem viver. Sim. Veio brotando em mim uma vontade escura de morrer. Dar cabo da vida. Teu pai assim se casaria de novo e, quem sabe, com outra, conseguiria o filho tão almejado. Pensei em cortar os pulsos. Me atirar do alto da torre. Em beber algum veneno. Filho. Nunca tive coragem. Naquele tempo, eu andava na escuridão. Para a vida, não tinha força. Para a morte, não conseguia. Certa noite, bem me lembro, teu pai me procurou. Chegara de uma caçada. Vinha forte. Vinha alegre. Era sempre o mesmo homem. Robusto. Belo. Falante. Eu ali querendo a morte. Ele são em minha frente. Escancarou as janelas. Falou alto. Deu risada. Me contou sua caçada. Que dera tiro certeiro. Que apanhara bicho grande. Ignorou minha dor. Abraçou, me fez carinho, me disse coisas de amor. Olhei bem para teu pai. Ah, meu Deus, como eu queria dar a ele uma criança! Seria como uma estrela no meio do breu. Mais: a vontade de viver que eu já perdera. E o duque me pegou, tomou meu corpo, eu me abrindo, me entregando, e foi me dando um desespero, ao mesmo tempo ternura, junto com raiva, rancor e paixão. Amei. Odiei. Blasfemei. Rezei. Busquei dentro minha maior força. Que aquela noite eu concebesse um filho. Custasse o que custasse! Nem que fosse pelas mãos, pelo poder e bênçãos do diabo!

Nunca na vida Roberto sentira tanta dor. Nunca estivera tão sereno. Soube que não sabia quem era. Conheceu que não se conhecia.

Examinou as próprias mãos. Viu sangue entre os dedos. Sentiu sangue latejando dentro, nas entranhas do corpo.

O filho do duque não se despediu. Saiu do quarto. Pegou seu cavalo. Foi embora. Passou dias vagando a esmo pelas estradas.

Fizera coisas. Semeara morte, crime e desonra. Agora pensava e pesava. Descobria que era ao mesmo tempo culpado e vítima.

No terceiro dia voltou à fortaleza de pedra.

Foi recebido com vivas.

Reuniu seus homens. Pediu silêncio. Começou a falar. Devagar. Palavra após palavra. Era outra voz. Era outro homem.

Ao bando atento, Roberto descreveu sua viagem. O encontro com os ermitões. O andarilho. A conversa com sua mãe. O que disse. O que ouviu. Chorou. Os homens calados. Rememorou sua vida. Os crimes. A sanha. Os desatinos. Disse que meditara. Queria mudar de vida.

– Estás zombando de nós?

Disseram: – Que palavras são essas em tua boca, justo tu que tens sido nosso mestre o tempo todo?

Disseram: – Então não sabes que andam em nosso encalço e que nossas cabeças estão a prêmio?

Roberto insistiu. Falou do bem e do mal. Do ódio e do amor. Falou de outros lados e de outras moedas.

– Conhecemos o prazer da força, o poder do medo, da loucura e da dor. Não sei ao certo o que seja o contrário disso. Mas quero saber. Quero aprender a sentir paz dentro de mim. Andar pela vida sem temer nem tremor.

Vozerio. Todos falavam ao mesmo tempo.

– Homens! Fui a causa de sua perdição! Quero ser o motivo de sua redenção!

Baderna. O bando reagiu. Disseram não, não e não.

A discussão pegou fogo. Apareceram armas. – Traidor! – berravam. – Covarde!

Rebentou a luta. Roberto contra os seus. Parceiro contra parceiros. Camaradagem que virou ódio.

De novo o filho do duque usou o poder que tinha.

Encarou. Derrubou. Dizimou.

Sangue virando rio montanha abaixo.

Muitos morreram. Muitos fugiram.

O moço restou só, na fortaleza abandonada.

O corpo ferido por dentro e por fora.

Um cavaleiro descendo morro devagar. Era Roberto buscando seu caminho.

E o moço andou por terras dali e de longe. Percorreu estradas principais e trilhas desertas. Visitou cidades, vilas, aldeias. Trabalhou para viver. Plantou. Pescou. Caçou. Carregou terra. Cortou lenha. Ajudou em estalagens. Foi aprendiz de oleiro. Fez pão. Aprendeu a trabalhar a madeira.

Permanecia, entretanto, solitário. Tratava as pessoas com distância. Falava o menos. Não confiava. Sentia medo. De tudo.

Era como se debaixo da camisa trouxesse uma mancha. Um mal bruto. Vergonha do que fora.

Roberto sentia vergonha de si mesmo.

Um dia, numa taberna, escutou falar de um homem. Um tal que abandonara tudo para viver no alto de uma montanha. Diziam que era bom. Que era sábio. Uma espécie de santo. Levava uma vida de sacrifício, meditação e silêncio. Diziam que já não precisava comer, nem sentia frio nem calor. Que sabia andar sobre as águas e falar com os animais, com as plantas e com as estrelas.

Roberto procurou esse homem. Viajou.

Encontrou um velho forte, de longas barbas brancas, pele queimada pelo sol e olhos que brilhavam como olhos de criança.

O moço não disse quem era nem contou sua vida.

Falou apenas que sofria. Que era só. Pediu conselho.

O eremita escutou suas palavras. Não tinha resposta. Precisava pensar.

Os dias se passaram.

O moço insistiu. Estava cansado. Sem rumo. Queria uma opinião. Algum caminho.

O eremita escutou suas palavras. Não tinha resposta.

Roberto explodiu.

Gritou. Chorou. Lambeu o chão. Contou sua vida. Abriu o peito. Falou do pai. Da mãe. Do diabo. Disse dos crimes. Soluçou. Implorou. Disse que para ele o mais certo talvez fosse morrer.

Aquela noite o velho dormiu com a cabeça apoiada sobre uma pedra.

De manhã chamou o moço. Tivera um sonho. Um sinal no meio da noite.

Que Roberto partisse para a cidade. Que fingisse ser louco. Fingisse ser mudo. Nada pusesse na boca a não ser o que conseguisse apanhar entre os animais. Que levasse a vida assim pelo tempo necessário. Quanto tempo? O velho não sabia.

153

Roberto escutou aquele sonho. Tentou sentir palavra por palavra. Colou o rosto entre as mãos.

Disse que sim.

Roberto chegou à cidade. Foram duas semanas de viagem. Perambulou por ruas movimentadas. Foi dar numa praça. Trepou numa árvore. Começou a fazer acrobacias sem sentido. Fingia que ia cair. Pulava de um galho para o outro. Ficou pendurado de cabeça para baixo.

Depois desceu. Subiu. Dançou. Deu cambalhotas. O povo juntou para ver.

E o moço continuava. Tirou quase toda a roupa. Andou de quatro no chão. Fazia de conta que tocava uma viola invisível. Fazia de conta que não tinha juízo.

Todos acharam graça naquela figura louca. Aplaudiram. Deram vivas. No começo.

Depois vieram as brincadeiras. As zombarias.

Roberto não falava.

Riram. Jogaram pedra. Amarraram o moço numa árvore.

Roberto não se defendia.

Chutaram. Empurraram. Machucaram. Gozaram.

Crianças batiam nele com pedaços de pau. Velhos cuspiam em seu rosto. Quantos pisaram em suas mãos.

O moço fugia dando cambalhotas. Desviava-se fazendo piruetas. Esquivava-se em saltos mortais.

Um dia, esfomeado, entrou no palácio do rei. Fez rapapés na presença do soberano. Exagerou. Beijou seus pés, suas mãos e o chão em volta do trono.

O rei deu risada daquele bobo esfarrapado e mudo. Achou desengonçado. Ao mesmo tempo gentil. Pediu mais.

Enquanto o moço dançava e imitava o jeito dos animais, mandaram servir comida.

Ao pé do trono, atento numa corrente, o cão de guarda. Um mastim negro. Animal feroz.

O rei acompanhava as palhaçadas. Pegou um naco de carne e atirou ao cachorro.

Roberto, num salto, mergulhou no espaço, atracou-se com o cão, arrancou a carne de sua boca e comeu.

Espantoso! Inacreditável! O soberano admirou a loucura daquele homem.

– Ele tem fome!

Mandou preparar um prato de comida. O prato foi servido. Roberto ignorou.

Agora passeava de cabeça para baixo, o corpo apoiado nos braços, olhos fechados e a língua de fora.

O rei, divertido, jogou ao cachorro um pedaço de pão.

Roberto segurou o cachorro. Pegou o pão e dividiu em dois pedaços. Metade para ele. Metade para o bicho.

Surpresa, mais ainda. Recusar comida de um rei? Enfrentar cão que ninguém enfrentava? O moço era doido. Demente.

Alimentado, Roberto deitou ao lado do cachorro e dormiu.

O rei ordenou que o louco ficasse morando em seu castelo.

No castelo vivia uma moça. Uma princesa. A filha do rei. Donzela formosa. Mulher de sonho. O tesouro mais doce do pai. A fortuna mais meiga.

Ao vê-la, os olhos do soberano brilhavam. E sofriam.

Por engano do destino. Por astúcias da sorte e do acaso, a moça, desde que nascera, nunca pronunciara uma única palavra.

Remédios vieram de longe. Médicos e cientistas foram chamados. Sábios.

Nunca ninguém conseguiu tirar da boca da princesa nada que não fosse silêncio e mais silêncio.

Entretanto, como era bela!

Dezessete anos. Jeito encantado. Seios pequenos e rijos. Quanta graça no seu riso, no andar selvagem, nas mãos delicadas ajeitando a cabeleira. Não falava a moça, mas seu corpo, seus olhos, seus gestos, valiam mais do que mil palavras.

Certo almirante, homem rico de muitos poderes, mandou mensagem.

Estava interessado na princesa. Pedia sua mão em casamento.

O pai consultou a moça. Ela sorriu. Com a cabeça disse não. O mensageiro levou resposta.

O almirante queria o casamento. Com ele viraria senhor e dono das terras e ouros do rei.

Levou o não da princesa como descaso e desprezo. Enviou nova mensagem. Insistia. Prometia. Novamente a resposta foi não.

Almirante furioso convocando seus exércitos.

Atacando de surpresa as terras pacatas do rei.

Tropas cruzando fronteiras. Pilhando. Ameaçando. Matando.

O próprio rei partiu com soldados em defesa do lugar. O encontro foi sangrento. Notícias chegavam cheias de espanto e de dor. A cidade andava deserta e triste. As tropas do inimigo avançavam perigosas.

Roberto de longe, acompanhava tudo. Calado. Impotente.

Certa noite acordou suado. O corpo estranho, tenso. Uma luz brilhava no jardim. O moço levantou-se.

Encontrou lá fora um cavalo branco magnífico e selado. Perto, uma armadura de prata.

Roberto fechou os olhos. Olhou por dentro de si. Investigou. Procurou sentir. Vasculhar sensações. E agora? Agir como? Que fazer?

Um sentimento veio forte.

Armar-se. Montar o cavalo. Partir de imediato em defesa do rei.

Naquele mesmo dia, um cavaleiro de prata cavalgando um cavalo branco explodiu no meio da batalha.

Lutava como ninguém. Comandava. Ordenava. Incitava.

O exército do rei parece que cresceu.

Confusas, as tropas do almirante perderam terreno. Recuaram. Acabaram derrotadas.

Com a vitória nas mãos, Roberto abandonou a luta. Voltou rápido ao palácio. Largou cavalo e armadura antes que todos chegassem.

Mas dois olhos assistiram sua volta.

Dois olhos surpreenderam seu corpo, livre das armaduras, vestindo depressa as roupas rasgadas de um louco. Um rosto de mulher brilhou na madrugada. Era a princesa. A bela e silenciosa filha do rei.

As tropas voltaram vitoriosas do campo de batalha. O rei ria sozinho. Mandou chamar cavaleiros e damas da corte para juntos comemorarem a vitória.

O assunto principal, o prato que passava de boca em boca, era a história do cavaleiro de prata e seu cavalo branco.

Que guerreiro! Que coragem! Que audácia!

O rei perguntava pelo cavaleiro.

Ninguém sabia.

A princesa surgiu no salão. Sorria de encantamento.

Beijou o pai. Segurou sua mão. Levou-o até Roberto.

Com gestos tentou explicar que o bobo, o louco, o mudo esfarrapado que não fazia coisa com coisa era o notável cavaleiro de prata.

Roberto examinou a moça.

Todos riram.

Menos o pai, que colocou a menina no colo, abraçou e acariciou seus cabelos.

Longe, o ódio e o despeito feriam por dentro o almirante. Convocou oficiais. Gritou. Criticou.

Mandou preparar exército mais poderoso. Homens armados até os dentes invadiram por mar e por chão as terras mansas do rei. Prenderam gente. Queimaram plantações. Mataram famílias.

O rei foi avisado. A guerra recrudesceu.

Mas tudo se repetiu.

No auge da luta, surge do nada o cavaleiro de prata e seu cavalo branco.

Comandante como aquele nunca houvera. Guerreiro tão feroz nunca se viu. Ele e seu cavalo pareciam um só corpo invencível esmagando, derrubando e destroçando.

O exército inimigo bateu em retirada.

O cavaleiro de prata desapareceu.

Roberto chegou no castelo antes dos outros.

Saltou do cavalo e despiu a armadura.

Ninguém em todo o palácio soube de nada, exceto dois olhos silenciosos.

O tempo passou. A paz voltara.

Não.

Noite alta. Tropas soturnas aviltando fronteiras. Cavaleiros negros. Arqueiros. Catapultas. Barcas ancorando, carregadas de guerreiros prontos para tudo.

O rei foi despertado em plena madrugada.

Clarins, trombetas e sinos anunciavam a invasão.

O almirante na frente de seus homens avançava, deixando pegadas de morte e destruição.

O exército do rei partiu em contra-ataque.

Antes, porém, o soberano chamou de lado três cavaleiros. Três homens de confiança.

Que esperassem o cavaleiro de prata. Que o seguissem. Que o parassem de qualquer modo.

O rei queria porque queria conhecer aquele que, sendo seu maior aliado, seu soldado mais destemido, entretanto, se ocultava, se escondia, não se permitindo ser aclamado, reverenciado como merecia e era seu direito e seu destino.

Partiram.

Foi luta cruel. Batalha pior das piores.

O almirante trouxera o máximo de sua força. Comandava através do ódio. Dirigia pela desforra. Insuflava suas tropas com palavras de vingança e rancor.

Homens contra homens, enlouquecidos, lutando sem razão. Corpos tombando sobre corpos. Destruição e morte por causa de nada.

Mais uma vez surgiu, por sobre todos, o cavaleiro prateado.

Era um selvagem. Era um gigante. Era um diabo.

Com tal guerreiro o exército do rei tomou corpo. Garra. Vontade nova.

Almirante, oficiais e soldados tremeram, tropeçaram e caíram.

Desta vez Roberto voltou ferido. Trazia um pedaço de lança fincado em uma das pernas. Chegou apressado no castelo. Arrancou o ferro da perna. Lavou a ferida. Escondeu o ferro no jardim, atrás de uma pedra.

A derrota do inimigo foi fragorosa.

O rei, aclamado pelo povo, retornou triunfante.

Lamentava os feridos e mortos. Saudava a vitória. Seus soldados. A defesa da terra. A união de todos.

Chamou os três cavaleiros. Perguntou pelo herói de prata.

O primeiro nada pudera fazer.

O segundo morrera no combate.

O terceiro não: acompanhara com atenção o cavaleiro durante a batalha. Admirara sua coragem e desassombro. Nunca vira guerreiro tão descomunal. Contou que com a vitória iminente o cavaleiro abandonou a luta. Que seguiu. Que perseguiu. Nunca vira na vida cavalo tão veloz. Galopava sem tocar os cascos no solo. Pedia perdão ao rei, mas, pressentindo o herói escapando mais uma vez, num último recurso, atirara sua lança. O ferro ficara espetado na perna do valente.

A haste se soltara e estava ali.

O rei ordenou a médicos e cirurgiões que vasculhassem o reino. Fossem rua por rua. Casa por casa. Pessoa por pessoa à procura do cavaleiro de prata e sua perna ferida por uma lança. Nada foi encontrado.

O rei fez publicar um edital. Convocava, fosse quem fosse, o cavaleiro de prata. Oferecia recompensa. Riqueza. Poder. E mais: a mão da princesa, sua filha.

A notícia do edital chegou até o almirante.

O almirante era ambicioso. Preparou uma armadura de prata. Montou um cavalo branco. Cravou uma lança na própria perna.

Apresentando-se ao rei, disse que chegara a hora da verdade. Que a justiça se faria. Contou imponente que ele, o almirante, era o único e verdadeiro cavaleiro de prata.

Mostrou cavalo branco, armadura, ferida, sangue correndo por sua perna.

— Mas como?

O rei ergueu-se atônito. Então por que as guerras? A morte de tantos soldados? As casas incendiadas? As plantações perdidas? As famílias destruídas? Por que mães enterrando filhos? E aleijados sem ter como sustentar os seus?

— Tudo por amor!

O almirante falou de um sentimento que nunca sentira. Mentiu. Inventou. Falseou. Disse do carinho e da saudade que não cabiam em seu peito. Pediu e suplicou. Queria a mão da princesa.

O rei admirou a loucura de tal homem. Aquela obsessão. Sua teimosia. Emocionou-se. Quanto amor! Quanta paixão!

Notícia causando espanto pelas estradas do reino.

O rei concordara com o casamento.

A princesa, no quarto, chorava desesperada. Não conseguia atinar como tudo acontecia. Pensava na sua vida. Pensava naquela sina de nunca poder falar. De nunca poder pedir. Dizer sim e dizer não.

Lembrava então a princesa. Quanta coisa que já vira. Quanto sonho já sonhara. Quanto gosto já sentira que não pudera contar. Nem mentir nunca mentira. Nem cantar.

Pensava no casamento. No destino. Na desgraça. No cavaleiro de prata e no louco que eram um só. Não sabia o que era aquilo. Se era praga ou maravilha.

Como entender a razão que fazia aquele herói, tão brilhante cavaleiro, transformar-se num demente que vivia feito um cão?

Como explicar que um louco, que um ser desatinado, fosse também um gigante, salvador de todo um povo?

E que dizer do almirante, um mentiroso cruel que aproveitara o mistério para usurpar o poder?

Como aceitar que um bandido, um assassino perverso, se casasse com ela e um dia, triste dia, herdasse o reino do rei?

Pensava nisso a princesa que não podia falar.

Mas, dentro de seu coração, bem no fundo de seu corpo, sabia, e como sabia, com quem queria casar.

Tambores e trombetas anunciaram o casamento.

Sinos chamavam de todas as direções.

O castelo enfeitado abria suas portas para receber os senhores, as damas e toda a sorte de gente.

Começou a cerimônia.

O sacerdote pediu ao povo que se levantasse e que Deus abençoasse os noivos por toda a vida.

Seguindo as regras do rito, perguntou ao almirante se queria e se jurava.

O sedento disse sim.

A princesa, com voz clara e cristalina, disse não.

O padre andou para trás. O povo ficou surpreso.

O rei gritou: – Minha filha! Mas minha filha falou!

A confusão foi geral. Alaridos. Empurrões.

O almirante aturdido sacou da cinta um punhal.

O pai abraçava a filha. O sacerdote rezava. Falava até em milagre. Pedia ao povo respeito naquela casa de Deus.

De pé, no centro do altar, a princesa começou.

Sua voz era veludo. Nunca se ouviu tão bonita. Falava a moça e chorava. Mas usou palavras duras.

Acusou o almirante de covarde e mentiroso.

Contou o que conhecia do cavaleiro de prata.

Falou do tempo da guerra. Das noites negras de medo. Do cavaleiro voltando. Da maravilha e da luz.

Que fossem logo e trouxessem o demente até o altar.

O povo não compreendia. Alguns pediam silêncio.

O moço veio mancando, botando a língua de fora.

O povo quase que ria.

A princesa gritou: – Basta!

Olhou nos olhos do louco. Que parasse. Que pensasse. Que deixasse de mentir. Que mostrasse sua perna. Explicasse aquela lança escondida atrás da pedra entre as flores do jardim.

Um soldado foi buscar. Pedra havia. Lança havia. Ferida havia. O almirante negava. O rei só observava.

Um homem de barba branca e pele queimada de sol apareceu na multidão.

– Roberto! Andei muitas léguas até aqui! Vim pelos dias e pelas noites, atravessando montanhas, desertos e florestas. Tive um sinal. Foi um sonho. Ouvi palavras que não consigo explicar. O que sei é que o castigo chegou ao fim. És livre agora para viver a vida!

Roberto abaixou a cabeça. Passou a mão pelo rosto. Ficou em pé.

Rei, princesa e convidados assistiram admirados à sua transformação.

O louco não era louco. O bobo não existia. O mudo soube falar.

As mãos tremiam. O corpo tremia. Abraçou e beijou o velho. Pediu depois a todos que se sentassem.

O templo, em silêncio, esperou suas palavras.

Do lado de fora o mundo parava. Não havia vento. Movimento. Pássaros cantando. Nada.

A voz de Roberto seguia solitária revelando, confessando, assumindo e destrinchando a dura história de sua vida.

O moço chegou ao fim. Olhou nos olhos do povo. Disse que tinha errado, mas não errara sozinho, por isso tinha coragem de querer viver.

O povo ficou em pé. Lentamente foi saindo. Não havia o que dizer. Só calar e só pensar.

O rei abraçou Roberto. Beijou as mãos do guerreiro que venceu tantas batalhas. Mandou jogar o almirante no fundo do calabouço.

Roberto e a princesa ficaram a sós no templo vazio.

O moço e a moça.
Conversaram então. Um ao lado do outro.
Conversa que virou vida.
Vieram lembranças. Sentimentos há muito esquecidos. Tanta coisa para contar. Revelar.
O tempo parou.
Desejos afloraram.
Roberto procurou e sentiu as mãos da moça. Abraçou. Tocou sua testa com os lábios. Depois os olhos. A boca.
E as palavras foram minguando. Um calor foi criando outro calor. Um corpo à procura de um corpo.
Um vento soprava meio quente, meio frio.
E foi peito contra peito. Boca dentro de boca. Ventre tocando ventre.
Uma luz silenciosa tomava conta do ar.
Luz do dia nascendo. Só isso. Apenas isso.

Conversa com o autor

Os estudiosos costumam considerar que o conto popular e o conto de encantamento – também chamado de maravilhoso, ou de fadas, e conhecido no Nordeste por história de trancoso – são a mesma coisa. Em outras palavras, o maravilhoso e o popular, neste caso, se misturariam completamente. Por esse viés, as outras formas narrativas populares seriam, por exemplo, casos, anedotas, lendas ou mitos. Por lendas, é preciso entender narrativas de eventos, mágicos ou não, que teriam acontecido neste mundo, mas há muito tempo. Já mitos são, em princípio, como se sabe, narrativas sagradas, relatando fatos ocorridos num tempo ou mundo anterior ao nosso, que explicam e tornam interpretáveis a vida e o mundo. As narrativas míticas sempre buscam responder a perguntas como "quem fez e como foi feito o mundo", "por que o homem é mortal, sexuado e precisa trabalhar", "como surgiram o homem, os costumes, os animais e as plantas" e assim por diante. Mitos pressupõem necessariamente fé.

Longe de mim imaginar que mitos sejam noções arcaicas ou pré-modernas. Para Mircea Eliade, por exemplo, a "higiene" seria um mito moderno. Afinal, a obtenção da higiene absoluta levaria o homem à extinção, derrubado pelo primeiro vírus que aparecesse. A higiene é, portanto, um bem relativo e não, como costuma ser apresentada, um bem total, ou seja, um mito. O povo sempre soube disso, tanto que cunhou ditados como "o que não mata engorda", "jacaré com fome até barro come" ou "quem anda na linha o trem esbagaça". Uma noção abstrata como "liberdade", por outro lado, pode ser considerada outro mito moderno. Se tratada como valor absoluto, ou seja, se não relativizada, levaria à guerra de todos contra todos. O tema, como se vê, é complexo e imenso.

Em todo caso, muitos pesquisadores acreditam que os contos populares nada mais são do que ruínas de antigos mitos, narrativas que perderam seu caráter de explicação religiosa e sagrada mas continuaram vivas por serem muito bonitas, ou por tratarem de temas humanos relevantes. De contador em contador, teriam virado contos de encantamento.

Se examinarmos esses contos, veremos que tendem a ser construídos a partir de um diálogo entre o "maravilhoso" – feitiços, monstros, encantos, instrumentos mágicos e amigos sobrenaturais – e os fatos da "vida concreta" – paixões entre homens e mulheres, mentiras, heróis em busca do autoconhecimento, inveja, egoísmo, amores, ardis, traições, violências e transgressões de toda ordem.

Em muitos contos, a preponderância fica por conta do "maravilhoso". Tenho tentado resgatar esse rico material em livros como Meu livro de folclore, Armazém do folclore, Contos de enganar a morte e No meio da noite escura, tem um pé de maravilha!, *entre outros. Refiro-me particularmente a narrativas como "Três namorados da princesa", "A quase morte de Zé Malandro", "A história do príncipe Luís", "O príncipe encantado no reino da escuridão" e "O rei que ficou cego", por exemplo.*

Nesses mesmos livros, porém, há casos de contos em que o "maravilhoso" tende a ser menos relevante ou mesmo a desaparecer. Cito dois casos: "O filho mudo do fazendeiro", no qual o "encantamento" surge somente nas histórias narradas pela personagem, e "Coco Verde e Melancia", onde ele simplesmente inexiste.

O livro Contos de espanto e alumbramento *traz nove versões de contos populares em que o diálogo entre o "maravilhoso" e a "vida concreta" tende às instâncias desta última.*

Neles, o leitor certamente encontrará heróis enfeitiçados, animais mágicos, monstrengos e encantamentos, mas notará que os temas da transgressão, da paixão, da violência, da inveja, do amor e da sexualidade – assuntos da vida concreta – são preponderantes e estão delineados com grande nitidez.

Talvez seja esse o diferencial dos contos populares recontados neste livro.

Concluindo, é preciso dizer que, mesmo nos contos tipicamente maravilhosos, o que resiste e persiste por trás de tudo são sempre e sempre os assuntos da vida humana concreta e situada.

Trazer esses temas à baila através da ficção e da poesia é o que de fato nos faz abraçar e amar a literatura, seja ela popular ou não.

Ricardo Azevedo

. • .

Ao comprar um livro, você remunera e reconhece o trabalho do autor
e de muitos outros profissionais envolvidos na produção
e comercialização das obras: editores, revisores, diagramadores,
ilustradores, gráficos, divulgadores, distribuidores, livreiros, entre outros.
Ajude-nos a combater a cópia ilegal! Ela gera desemprego, prejudica
a difusão da cultura e encarece os livros que você compra.

. • .